채병혁

차지양

그레이스

이희연

이로새

차례

이로새

신고합니다,
생존신고

자기소개

　오전 6시 48분, 원래 맞춰 놓은 알람 시계가 제시간에 울리기 약 한 시간 전, 장판 바닥을 긁어대며 열심히 뛰는 듯한 소리가 들리면 잠에서 슬슬 깬다. 소리의 근원지는 바로 턱시도를 입은 네발이 달린 두 고양이 녀석들이다. 이 둘은 같은 엄마 고양이 배에서 나오지 않았지만 아주 비슷하게 생겼다. 둘의 터울은 약 7년 정도 차이 나는데, 얼마 전 두 살이 된 둘째 고양이가 첫째 고양이의 크기를 따라잡더니 이제는 마구잡이로 덤비는 중이다. 그렇지만 덩치는 아직 첫째 고양이가 크기 때문에 둘째는 힘으로 따진다면 역부족이다. 눈을 뜨면 전날 어질러 놓았던 풍경이 그대로 펼쳐진다. 내 눈앞에는 책꽂이에 가지런히 꽂힌 책들, 책꽂이 맨 위에 올려놓은 선물 받은 눈 마사지기와 거울, 그리고 옆으로 고개를 돌리면 어느샌가 소파에 자리 잡은 두 고양이 놈들 중 한 놈은 그루밍을 하고 한 놈은 비몽사몽인 상태의 나를 멀뚱히 쳐다보곤 있다. 그렇게 눈과 눈을 마주하며 멍하니 바라보고 나면 나의 하루가 시작된다.

  일어나면 먼저 화장실을 가서 볼일을 본다. 그리고 꼭 손을 핸드워시와 함께 닦는데 정작 손은 보지 않고 앞에 서 있는 오늘의 내 자신을 보며 닦는다. 언제부터였을까, 엄마 뱃속에서 헤엄을 칠 때부터였을까. 태어나고 나서도 눈이 크다는 소리를 많이 들었다. 태어날 때는 무쌍이었고, 초등학생이 되니 한쪽에 쌍꺼풀이 자리를 잡았고, 교복을 입는 나이가 되어서는 옅게 있었던 반대편 쌍꺼풀마저 짙게 라인을 잡아갔다. 말라봤던 적이 거의 없었던 나는 보통에서 통통 사이를 유지했는데, 몸에 비해 손목과 발목은 가늘었다. 그래서인가, 내 무게를 버틸 수 없는 건지 발목을 자주 접질린다. 또한 학교를 다닐 적 급식시간 때 마다, 손으로 들고 있던 식판에 음식을 담으면 담을 수록 무게를 버티지 못해 덜덜 떨릴 때가 일상이었다. 그건 지금도 무거운 것을 들 때면 자주 일어나는 현상이다. 나는 태생부터 오른손잡이인데 양손잡이가 더 효율적으로 보여서 가끔 왼손으로 젓가락질과 글을 쓰는 연습을 한다. 양손잡이가 되어야겠다 결심한 건, 어렸을 때부터 쳤었던 피아노 때문이었는데, 나에게는 오른손이 그래도 더 우성이다 보니 왼손에는 힘이 어쩔 수 없이 덜 들어간다. 스케일이 난무하던 악보에서 오른손의 힘과 스피드를 왼손이 따라잡지 못해 어떤 방법을 동원하더라도 왼손의 힘을 길러야겠다 마음먹었다.

또 다른 이유는, 네일아트가 취미인데 왼손이 조금이라도 중심이 잡힌다면 오른손 차례가 되었을 때 내 삶이 더욱 윤택해질 것 같아서였다. 회사를 다닐 적, 점심시간이 되면 오전에 받았던 스트레스를 해소하기 위해 사무실 근처 피어싱 샵을 자주 드나들곤 했다. 현재는 덧나고 나이를 점점 먹다 보니 심플하게 한두 개 정도가 예뻐 보여서 일부를 뺀 나머지는 다 빼버린 상태다. 최근에 탈색한 이후로 머리가 너무 상한 바람에 중단발 기장으로 자른 머리카락들은 머리를 감은 후, 말릴 때 덜 수고스러워서 좋다.

손을 다 닦고 나면 뒤를 돌아 수건으로 물기를 닦는데 그때마다 화장실 앞에서 나를 기다리는 둘째 고양이와 눈을 마주친다. 그러면 사람에게는 절대 하지 않을 혀 짧은 소리로 둘째의 이름을 부르며 말을 건넨다. 내 목소리를 들은 둘째는 그 자리에서 폭삭 바닥에 쓰러지며 애교를 부린다. 이것이 이 아이만의 살아가고 표현하는 방법이겠지. 둘째는 유기묘 앱에서 '동동이'라는 이름으로 공고가 올라온 아이였다. 혼자 있는 첫째가 안쓰러워서 입양해야겠다고 생각만 하고 있다가 어느 날 우연히 앱을 들어가게 되었는데 첫째와 거의 흡사한 비주얼을 가지고 있는 고양이를 보고 입양을 하겠다고 다짐했던 아이였다.

화장실을 나가면 두 고양이 놈들의 화장실 즉, 모래 정리를 한다. 첫째는 깔끔을 무척 떠는 아이이고, 그루밍도 오래 하는 편이라, 자기 마음에 들지 않으면 모래 화장실에서 볼일을 봐도 나오기 전에 대충 덮고 나오거나 이상한 소리를 내며 나온다. 둘째는 기본적으로 모래 화장실을 좋아한다. 그 안에 자기가 만든 맛동산[1]들이 있든 말든 상관 하지 않고 들어가있어서 가끔 내가 기겁할 때가 많다. 그루밍도 첫째가 자주 해주는데, 둘째는 매번 눈을 감고 즐기는 편이다. 고양이들의 화장실을 정리하곤 하면, 바로 옆에 있는 신발장에 아무렇게 팽개쳐있는 신발들을 정리한다. 내가 출근했었을 때 둘째는 신발장 근처까지 날 배웅했었다.

나는 한 달 반 동안 다녔던 회사에서 퇴사했다. 실업급여 기간이 끝나고 운이 좋게 빨리 입사할 수 있었던 곳이었는데 너무 성급히 결정해서 인가, 마음을 잘 잡지 못했다. 아직 내 안에 놀고 싶고, 쉬고 싶은 마음이 커서였을까. 하지만 가장 큰 퇴사 사유는 직무가 무시받는 느낌이 들었다. 그게 대표 본인은 사실이 아니다 할지언정 내가 그렇게 느꼈기 때문에 쌓아가고 있던 우리의 관계를 더이상 이어가고 싶지 않았다. 앞서 받은 느낌때문에 나는 과연 어떤 일을 하러 왔는가 여러 차례 고민했고 그 이후에는 더 이상 고민할 것 없이 사직서를 제출했다. 인수인계를 해야 했던 날, 내가 쓰던 책상을 정리했다. 대부분의 회사사람들과 마음이 맞았지만, 그중에 항상 앞에 앉아 계시던 이사님과 많은 대화를 나눠서 퇴사 의사를 밝혔을 때 왠지 모르는 아쉬움과 슬픔이 몰려왔던 것 같다. 마지막 퇴근 후 현재까지 집에서 아무것도 하지 않고

---

1) 고양이 똥

가만히 있는다.

그냥 아무것도 하고 싶지 않다.

모래정리를 하며 회상이 끝난 후, 외주 받은 번역을 하기 위해 큰방에 있는 앉은뱅이책상에 앉는다. 두 번째 회사에서 입사 후 받은 레노버사의 씽크패드라는 노트북과 함께 작업을 진행한다. 검은색의 노트북인데, 키보드 한가운데에 빨간색 점이 있는 게 특징이다. 마우스 용도라는데 고장이 난건지 아무리 만져대도 작동이 되지 않는다. 당시 회사에 다녔을때는 주업무가 번역이어서 오피스 프로그램을 많이 사용했었다. 노트북과 대면하는 날은 평일 내가 출근하는 9시 정각부터 퇴근하는 6시 정각까지였다. 정을 붙이려고 온갖 방법은 다 쓴 것 같다. 배경 화면과 대기화면 변경은 물론, 노트북의 외관도 내 스타일대로 꾸몄다. 배경 화면은 고양이 사진들로 바꿨고, 외관은 점심시간 이후 다이소에 들려 산 여러 종류의 리무버블 스티커로 덕지덕지 붙였다. 멀리서 봐도 '내 노트북'이란 말을 비로소 들을 수 있었다. 당시 다녔던 회사에서는 어려운 업무가 없었다. 그저 평범한 일상의 연속이었다. 번역 업무를 계속하다가도 옆에 과장님께서 간혹가다 디자인 업무를 시키실 때는(그때 당시에는 디자인 프로그램을 사용할 줄 몰랐기 때문에) 파워포인트로 얼추 만들어서 보내드렸다. 8개월 이후, 난 청천벽력 같은 퇴사 예고를 지시받았다. 9시 출근 후, 오전에 임원들이 전체 회의를 하시더니 갑자기 회사가 문을 닫게 되었다는 말을 하셨다. 회사 측의 미안한 마음이었는지 아니면 회사 물건 청산이 귀찮았던 건지 쓰던 노트북은 고스란히 내 손에 쥐어지게 되었다. 그렇게 퇴사 선물로 받은(?) 노트북은 3년이 지난 지금까지 나와 함께 한다. 무게는 꽤 무거워서 가지고 다닐 때 팔목이 아프고 역시나 들고 다니면 팔이 저린다. 아직 빠릿빠릿하지만 무거운 거만 빼면 정말 오랫동안 쓰고 싶은 노트북이다. 최근 들어서는 인터넷 서핑, 인증서 로그인, 이력서 및 자기소개서 그리고 포트폴리오 작업을 한다.

일을 하다가 노트북 팬에서 소리가 점점 커질 때쯤 하판을 만져보니 뜨거웠다. 딱히 무거운 작업을 하는 것도 아닌데 나의 이상한 습관 중 하나가, 모든 창을 다 열고 작업을 하는 것이다. 노트북의 열감을 느껴보니 얼마 전 겪었던 내 몸의 이상 증상이 생각났다. 며칠 전 밤, 난 온몸에 불이 난 것처럼 뜨거웠다. 다음 날 아침이 되어서야 병원을 갔는데 체온이 38.1도가 나왔다. 초등학생 때 이후로 이렇게까지 몸이 아파본 적은 처음이었다. 원장님께서 독감 검사 권유를 하셨다. 코로나 검사처럼 면봉을 목 깊숙이 한번, 양쪽 코를 각각 한바퀴씩 돌리시고는 용액에 넣어서 검사키트에 쭉 짜셨다. 빨간 줄이 A에 바로 나타났다. A형 독감에 걸렸다. 그날 이후로 한동안 집에만 있었다. 코로나 때보다 더 고통스러웠다. 처음에는 냄새를 맡지 못하더니 그 후에는 미각조차 없어졌다. 목도 아파서 음식물을 제대로 삼키지 못했다. 하지만 약을 먹기 위해서는 무엇이라도 섭취해야 했다. 며칠 동안 먹었던 음식이라고는 고구마, 귤 그리고 두유가 전부였던 것 같다. 토요일에는 외출해야 할 일이 있어서 오랜만에 씻고 준비를 했다. 지하철을 탈 때쯤 불길한 생각이 들었는데 애써 무시했다. 날이 상당히 추운 줄 알고 롱 패딩과 목도리로 완전 무장을 하고 나갔는데 이것이 화살로 돌아온 건지 숨이 막혀 정신을 잃을 뻔했다. 더군다나 겨울이라고 지하철 안은 히터를 킨 건지 통풍도 되지 않아서 더욱 힘들었다. 정신을 겨우 차리고 내렸는데 역시나 도착 장소까지 걸어서 12분은 아직 무리였다.

 1분이 10분처럼 느껴지고 중간에 편의점에서 사 간 생수가 아니었더라면 아마 다시 돌아오지 못했을 것 같다. 집으로 돌아가기 전 화장실에서 일차적으로 게워 냈다. 먹은 것이 없으니, 아무것도 나오지 않았다. 지하철도 두 대 정도는 그냥 보냈다. 저 뜨거운 곳에서 버틸 자신이 없었다. 두 대 정도 보내고 나니 조금 진정이 된 것 같아서 다시 지하철에 올라탔다. 뜨거운 히터와 사람들이 가지고 탄 음식 냄새들 하며 순간 너무 역한 나머지, 다섯 개의 역이 지나자마자 다시 내렸다. 애써 올라오려는 구역질을 물을 마시며 참고는 다시 지하철 두 대 정도를 보내고 올라탔다. 이번 차에는 사람들이 너무 많아서 서서 갔는데 내가 이렇게 나약했나 싶을 정도로 그 순간도 버티기 힘들어서 또 내렸다. 지하철을 타고 집으로 돌아가는 일상의 반복이었다. 오다가 동생과 비슷한 사람이 앞에 앉아있던 것 같다. 아니 앉아있었다. 서로가 어리둥절한 표정을 지은 채, 눈빛 교환 후, 다시 우리는 고개를 숙여 핸드폰만 바라봤다.

동생은 97년생으로 나보다 한 살 적다. 어렸을 때는 서로 장난도 치고 친했던 걸로 기억하는데, 나이를 한두 살씩 먹고 나서는 점점 우리의 말수는 줄어들었다. 현생에 치여 살아서 그런가, 가끔 인스타그램 메시지로 웃긴 릴스나 게시물을 공유하는 것 외에는 딱히 서로가 말을 나누지 않는다. 말을 걸지 않으니 나도 대답 할 것이 딱히 없었다. 하지만 동생은 자기가 필요할 때는 나를 열심히 찾았다. 그럼 나는 내 선에서 알려주기 위해 열심히 답장을 했다. 물론 돌아오는 대답은 'ㅇㅇ' 이었지만 상관없었다. 나이가 삼십에 근접해지면 말수가 늘어날 줄 알았다. 하지만 적어지면 적어졌지, 내 바람대로 되진 않았다. 어느 순간부터 까불거리는 동생이 존재하는 형제, 남매 그리고 자매들이 부러웠다. 하지만 괜찮다. 우리 모두 자취를 하고 있어서 매일 볼 수는 없지만, 간혹 밖에서 가족들이 식사할 때 서로 얼굴을 보고는, 용서할 수 있는 시비를 걸며 서먹함을 깨려고 노력한다. 요즘은 현생에 자기 몫을 다하느라 그렇다고 이해해야지. 내가 내릴 차례가 되어 동생을 뒤로한 채 지상으로 올라왔던 기억이 난다.

일을 하다가 내 휴대폰에 마구잡이로 끄적여 놓은 계획들이 눈에 띄었다. 세웠던 계획 중에 명함을 만들고 인쇄하는 것이 있었는데 아직 디자인을 잡지 못했다. 프리랜서로서 명함이 있으면 내 사업을 하는 데 계획적으로 움직일 것 같아서 플랜에 넣었지만, 정작 게으름 때문인지 아니면 갈팡질팡하는 마음 때문인지 시작조차 할 수 없었다. 그러다가 집에만 있기에 따분해서 내가 자주 놀러 가는 '공간'이라는 연습실에 가서 키보드 연습을 했다. 사실 전부터 치고 싶었던 곡이 생겼는데 곡의 이름은 모차르트의 '두 대의 피아노 소나타'라는 곡이었고, 피아노 두 대를 가지고 치는 곡이라 피아노과에서 박사 코스를 하는 친구에게 같이 치자고 연락까지 한 상태이다. 나만 곡을 완성하면 되는데 현생이 바빠 연습할 기회가 많이 없다. 아니 사실 끝내지도 않고 일을 벌리는 편이라 끝맺음이 어려울 수도 있을 것 같다.

실제로 있었던 일인데, 나에게는 이상한 버릇이 있다. 집 밖을 나오면 한 번에 일 처리를 몰아서 해치우는 것이다. 이것 또한 계획적이면서도 무계획적이다. 한번은 다른 목적으로 외출했는데, 메이크업과 헤어가 괜찮아서 계획에 없던 증명사진을 찍기도 했다. 후기가 좋은 곳에서 찍었지만, 마음에 들지 않았고 이날 굳이 찍지 않아도 되었다. 하지만 앞머리를 충동적으로 자르고 싶은 마음에, 자르기 전 증명사진을 찍는 것이 내 이미지상 잘 어울릴 것 같아서 사진에서는 달덩이 얼굴처럼 나올까 그냥 찍었다. 결국에는 돈만 낭비한 꼴이 되고 말았다. 일처리가 잘 되는가 싶다가도 하나에서 삐끗해 버리면 나머지 일들도 그렇지 않다는 것을 증명했다. 대체로 무계획 속에서 일어난 일이었다. 그날 집에 돌아와 모래 난장판이 되어버린 거실바닥을 보며 대청소를 고민했다.

나에게 대청소란, 이왕 성대하게 청소하는 것, 가구까지 재배치하는 청소법을 의미한다. 청소를 시작하기 전, 먼지가 꽤나 쌓인 바닥에 누워 천장을 보며, 구조와 현재 있는 가구들을 상상한 후, 메모 앱에 도면을 그려가며 어디에 어떤 것을 배치할지 생각한다. 침대는 작은방에 있었는데, 그 방의 아늑함이 좋아서였다. 하지만 작은방에 소파도 있고 고양이들도 같이 자는 바람에, 아이들의 털을 감당할 수 없어 큰방으로 침대를 옮기기로 했다. 우선 큰방에 있는 짐들을 부엌 겸 거실로 뺐다. 그리고 청소기를 돌리며, 보이는 먼지들을 흡입했고, 눌어붙은 먼지들은 물티슈로 벅벅 닦아 없앴다. 큰방에 침대가 들어갈 부분을 우선 치웠다. 침대 프레임이 먼저 들어가야 했기 때문에, 작은방에 들어가서 매트리스를 들어 올린 후, 거실에 두었다. 침대 프레임은 검은색 철제인데, 접히는 구조라 무게가 무거운 것만 빼면 들기는 쉬웠다. 프레임을 우선 큰방에 옮긴 후, 그 위에 매트리스를 얹었다. 오랜만에 베드스커트도 깔아봤는데 세탁을 안 해서 스커트 아랫부분이 너무 더러워, 당장 쿠팡에서 새벽 배송으로 받을 수 있는 스커트를 구매했다. 일단 없으니, 있는 것을 깔아 놨다. 침대 옆에는 소파를 두었다. 소파 또한 작은방에 있었고, 무게가 꽤 되는 바람에 옮기는데 애를 먹었다. 내가 가지고 있는 소파는 한쪽 팔걸이 소파에 스툴이 따로 있는 데 우선 스툴을 뺀 소파만 큰방으로 옮긴 후, 고양이들의 스크래치 방지를 위해 소파 커버를 씌웠다.

사실 소파에 관해 이야기 하고 싶은 것이 있다. 당근에서 똑같은 모델을 봤는데 이 소파는 양쪽 팔걸이 소파였다. 삼만 원에 올려졌다가, 판매자가 이만

원으로 다시 가격을 하향시켰다. 이때 판매자에게 말을 걸어 이번 주 토요일에 가지러 가겠다고 말은 해놓은 상태이다. 물론 가구 재배치 전에 있었던 일이었는데, 막상 내가 가지고 있는 한쪽 팔걸이 소파를 배치해 놓으니 그림이 썩 나쁘지 않았다. 양쪽 팔걸이로 바꾸고 싶었던 이유는 뭔가 더 안정적으로 보이지 않을까 싶어서였다. 소파는 조금 더 고민을 해봐야겠다. 소파까지 배치한 후, 원래 침대 자리에 있던 책상을 기존에 행거가 세워져 있던, 큰방의 입구 부분으로 옮겼다. 그리고 행거를 작은방에 배치했다. 작은방을 오롯이 드레스룸으로 쓸 생각이었다. 그렇게 큰 덩어리들을 일차적으로 옮겼고, 다음날이 되어 이차적으로 자잘한 것들을 치웠다. 우선 부엌에 흩으려 놓은 잡동사니들과, 밀린 설거지 그리고 냉장고에 방치되어 있던 음식들을 처리했다. 언제 닦았는지 기억이 나지 않는 가스레인지를 닦으려고 알코올이 함유된 물티슈를 사놨는데 어디에 뒀는지 까먹어버려서, 예전부터 부엌에서 돌아다니던 소주를 일반 물티슈에 묻혀가며 가스레인지 상단 부분의 기름때를 벅벅 문질러서 닦았다. 기름때가 순식간에 닦여나가서 기분이 좋았다.

  잡동사니들을 치우는 데 더 긴 시간이 걸린 것 같다. 최근에 재밌는 글을 봤는데 버릴 것과 버리지 않는 것을 구분하는 방법은, 이 물건을 보고 설레는지 아닌지 판단을 하는 것이라고 했다. 언제 샀는지 기억도 안나는 물건들을 바라보며 설렘의 크기를 쟀다. 그 크기는 앞으로 이 물건과의 미래가 그려지는가를 보는 것이었다. 그리고 설레지 않는 것들은 쓰레기봉투에 집어넣었다.

그 외에도 책상에 널려있던 있던 물건들을 정리하는 데 많은 힘을 쏟아부었다. 어느 정도 치운 후, 침대에 지쳐 쓰러져 핸드폰을 보며 스르르 낮잠에 든 것 같다. 일어나서 택배로 온 베드스커트와, 침구들(이불 및 베갯잇)을 새로 갈았다. 행거에는 아직 정리 못 한 옷들이 걸려있는데 버릴 옷들을 의류수거 앱을 통해 수거신청을 해놨다. 안 입는 옷들을 매입하는 앱인데, 옷을 수거한 다음, 무게를 측정한 후에 나한테 입금이 되는 방식이다. 이번 대청소를 통해, 올해는 결벽증이라는 것을 일부러 만드는 계획을 세우기로 마음먹었다. (대청소가 끝나고 어느 정도 지난 오늘 시점을 기준으로, 계획대로 '나는 결벽증 환자다'라는 문장을 주문처럼 매일 오전 마음속으로 되새기며 방의 청결을 유지하고 있다.)

아침저녁으로 돌돌이를 가지고 흰색의 이불커버와 베갯잇을 문지른다. 몇 번을 뜯어내야 하는지 셀 수도 없이, 고양이들의 털이 묻은 돌돌이 종이들을 구겨 뭉치면 한 주먹거리는 나왔다. 오히려 이불이 새하야니 더욱 옥에 티를 없애기 위해, 눈에 보이는 털들을 제거하려고 노력했다. '결벽증'이 만들어지기 전에는 먼지나 고양이 모래들이 방바닥에 보여도 '아 이제 청소기 돌릴 때가 되었네!' 싶을 때 돌렸는데, 요즘은 몸이 자동으로 청소기로 간다. 덕분에 청소기는 내가 자는 큰방에 그냥 두었다.

청결함, 아니 이 만들어진 '결벽증'이 얼마나 갈지 솔직히 궁금하다. 치운다는 것은 비운다는 것이고 그 뜻은 곧 버린다는 것인데, 앞으로 살아갈 때 나를 설레게 하지 않는 명사들은 그렇게 비워내면 되는가? 아니면 필요하지 않은 명사들은 비워냈으니까 필요한 명사들로만 구성해서 살아가면 되는가? 그렇게 살아가며 미니멀리스트가 되어가는 것 같다.

최근에 찐만두가 너무 먹고 싶어서 전철역에서 제일 가까운 만둣집에서 약 5분정도를 기다리며 찐만두를 사왔다. 나는 한번 꽂히면 질리거나 체할때까지 먹어야 더이상 찾지 않기 때문에 온라인 쇼핑몰에서 2.7킬로그램짜리 만두를 주문했다. 구워먹든, 쪄먹든, 끓여먹든 무슨 방식으로 조리를 해도 줄지가 않아서 양의 반 정도를 부모님께 드렸다. 만두를 드린 날, 오후 한시쯤 부모님과 같이 이케아를 다녀왔다. 고블렛 잔을 사기위해 갔지만, 정작 고블렛 잔은 안 사고 투명색의 서로 크기가 다른 강화유리 머그잔 두개를 샀다. 그리고 고작 하루를 놓쳐서 이불 돌돌이 루틴을 하지 못해 다시 털로 뒤엎어진 이불커버를 새로 갈기위해 이불커버와 베갯잇 세트를 샀고, 얼마 전 선물 받은 오렌지레몬나무를 고양이들로부터 떨어뜨리기 위해 스툴 하나와, 책상정리에 필요한 책꽂이함 세트를 샀다. 그리고 스파트필름이라는 식물화분을 하나 더 데리고 왔다. 분갈이를 위해 거름망, 배양토 그리고 흙을 사서 원래 있었던 더 큰 화분에 차례대로 차곡차곡 쌓은 다음, 스파트필름 자체를 기존 화분에서 꺼내서 새로운 흙과 같이 잘 엉키게 해주었다. 분갈이를 해주고 나니 식물이 더욱 예뻐보였는데 저 부엌 한구석에서 오랫동안 생명력을 유지하는 꽃기린이라는 화분이 눈에 밟혀 남아있는 화분에 또 분갈이를 해주었다.

　꽃기린은 작년 여름쯤에 이태원에 놀러갔다가 이벤트라고 받은 화분이었다. 나에게 온 뒤로 달려있던 꽃들마저 우수수 떨어졌는데 뿌리를 내리는 공간이 넓어진 만큼, 더욱 영양분을 흡수해서 가시보다는 꽃들이 더 눈에 띄는 화분이 되었으면 좋겠다는 생각을 한다. 그렇게 나는 오렌지레몬나무, 스파트필름 그리고 꽃기린이라는 식물 가족이 생겼다. 오렌지레몬나무는 설치한 스툴 위에 올려두고, 나머지 두 화분은 분갈이를 다 한 후, 각각에게 식물 영양제를 하나씩 꽂아주었다. 앞으로 나의 데일리 루틴은 더욱 늘어나겠지. 기분탓이겠지만, 다음날 꽃기린의 이파리 색은 연두색에서 점점 초록색으로 변한 것 같았다. 이렇게 빠르게 변하는 생명체라니 왠지 일거수일투족 감시를 받는 느낌이 들었다.

걸어 다니는 종합병원 I

저번에 걸렸던 목감기가 낫질 않고 있다. 주중에 먹었던 약도 다 먹어서 또 한 번 병원을 다녀왔는데 뭔가 약기운이 있을 때만 증상이 잠잠해지더니, 약발이 떨어지면 다시 또 편도가 아프고 기침하기 시작했다. 컨디션도 저조하게 된 상태라 사람들과의 약속을 함부로 잡지 못했다. 그렇게 밀리고 밀린 약속들이 쌓이고 쌓였다. 회복이 되고 있지 않아, 앞으로 사람들에게 어떤 말을 하면서 다시 약속을 잡아야 할지 모르겠다. 조금이라도 더 어렸을 때, 약을 먹지 않고도 나았을 때, 내 몸을 너무 신뢰했던 것일까. 목감기 환자라는 별명을 뒤로 하고, 결벽증이라는 타이틀을 달고 3주 정도가 지났을 때는 나의 병증이 점점 사라지고 있었다. 쌓여가는 설거짓거리들과 빈틈만 보이면 공략했던 쓰레기봉투를 바라봐도 '나중에 치우자'는 생각이 앞서 그대로 불을 끄고 자버릴 때도 많았다. 다음날이 되면 전날 치우지 않았던 나의 결과를 보고 한숨을 푹 쉬면서도, '조금 있다가 자기 전에 치우자'가 되곤 했다. 그렇게 쳇바퀴 같은 생활이 며칠이나 흘러갔다. 뭔가 삶이 피폐해지는 방향으로 흘러가고 있는 것 같았다. 그렇게 나는 또 비우지 못하고 버리지 못했다.

생각 정리를 할 겸 멍하니 한곳을 주시하고, 있던 자리에서 박차고 일어나 바닥에 아무렇게나 버려져 있는 빈 택배 봉지부터 한곳에 모아 버렸다. 그다음은 또 청소기를 돌렸다. 우선 고양이들이 모래를 흘려도 아무것도 없는 곳을 디디면 되었던 바닥부터, 머리카락이 많이 떨어져 있는 작은방, 내가 주로 생활하는 큰방까지 모두 청소기를 돌렸다. 그 후에는 설거지를 시작했다. 배수구 쪽을 보니 너무 예전에 갈아서 까맣게 변색된 네트망이 눈에 띄었는데 오랜만에 다녀온 다이소에서 네트망에 씌어놓는 그물망이 있길래 사 왔다. 오래된 네트망은 버리고 새 네트망에 그물망을 씌워서 배수구에 꽂았다. 퐁퐁과 수세미를 한곳에 둘 수 있는 거치대도 장만해 바로 옆에다 붙여두었다. 뗐다 붙이기를 여러 번 반복했는데도 끈적이는 부분이 닳지 않아서 신기했다. 이렇게 부엌은 말끔히 정리가 되었다. 탁탁 들어맞는 이 기분이 마음에 들었다. 이러한 기분을 다시 한번 느끼고 싶어서 함부로 지나치지 않고 언제나 또다시 느낄 수 있게 마음속에 고이 모셔놨다.

최근에 한의원을 찾았다. 오른쪽 발목과 종아리가 콕콕 쑤셔서 잠을 설쳤기 때문이다. 아킬레스건염을 의심해 봤는데 맞다고 해서 침과 물리치료를 받았다. 그러면서 한약 상담까지 함께했는데 그 전에 내가 서 있는 자세를 보시더니 체형이 비대칭이 심하다 하셨다. 몸 안에 있는 장기가 눌릴 수 있고, 여자로써 한 달에 한 번씩 겪는 월경통이 심할 수밖에 없으며, 하체 부종이 따라온다고 하셨다. 그동안 너무 편안한 삶을 추구해 왔나. 다리를 꼬고 앉지 않으면 제대로 앉아있는 게 불편했었는데 이게 몇 년 동안 지속되다 보니 골반에 안 보이던 굴곡이 생기고 신발 밑창들의 바깥 쪽 방향들은 점점 닳기 시작했다. 누워서도 진찰을 받았고, 몇 가지 질문이 오고 간 뒤, 물리치료를 마치고 카운터로 갔다. 한약은 한 번도 혼자서 상담받고 지어본 적이 없기에 이게 맞나 싶었다. 결제를 마치고 나서도 의심스러워서 일단 약 조제를 보류했다.

그 이후에 지인이 가는 한의원을 찾았다. 사는 지역이 아니기도 했고 가는 것도 상당히 귀찮았지만 가지 않으면 큰일날 뻔 했다. 몸에 관한 상담도 상담이었지만, 심리적인 상담 부분이 더욱 많이 작용했다. 계속 진찰하시더니, 최근에 스트레스 받는게 있었냐는 질문을 받았다. 물론 하루하루가 생존 신고였기 때문에 꽤 힘들었다. 그 이후로 열흘 치의 한약을 처방받았다. 매번 갈 때마다 아킬레스건염과 함께 자세 교정, 그리고 심리상담을 같이 받았다. 활동적인 것을 해야 한다고 하셨다. 아무것도 하지 않는 오전에 카페 아르바이트라도 할까 싶어서 이력서를 썼지만 정작 연락이 오는 곳들은 카페가 아닌 다른 곳들이었다. 그중 하나가 방문학습 교사였는데, 아이들을 가르친 지 꽤 지났기 때문에 면접에 붙었다 해도 자신이 없었다. 아직은 교육단계라 아이들을 가르치기 전이다.

한약을 먹은 뒤로, 조금만 걸어도 아팠던 발목의 통증이 서서히 사라졌다. 그리고 한 두 입 밖에 먹지 않았는데 느끼던 체할 것 같은 증상은 점차 사라지더니 음식을 마음대로 조절해서 먹을 수 있었다. 영양분이 제대로 공급되니까 무기력증이나, 몇 시간 후면 느꼈던 배고픔도 점차 사라져갔다. 일반적인 정상인과 드디어 동급이 된 느낌이었다. 평소에 축 처졌던 내가 아닌, 원래의 텐션 높은 내가 가끔 튀어나와 종잡을 수 없을 때도 있었다.

한약 재처방을 받는 날이라 또 다시 한의원을 들렀다. 10일 치 약이 끝나지도 않았는데 벌써부터 약 효과가 발생해 원장님과 이런저런 상담을 하면서 살이 찐 것 같다고 말씀드렸더니 인바디를 보시곤 약 1.5킬로그램이 늘었다고 하셨다. 이런, 많이 먹더라니… 이번에는 다이어트 효과가 조금 들어간 한약을 처방받을 것 같다.

돈 버는 사람

마지막 글을 쓴지 약 한 달 반의 시간이 흘렀다. 그동안 글을 쓰지 않았다. 변명이라고 하면 변명일 수도 있고, 나를 위한 최선의 방법이라면 최선이라고 할 수 있겠다. 한달 반 동안 나에게는 정말 많은 변화가 생겼다. 우선 한달 반 이전에 처방받은 한약을 마지막으로 한 번 더 처방받았다. 아킬레스가 아프거나 하는 증상은 완화가 되었고 다만 몸의 순환을 도와주는 쪽으로 약을 처방 받았다. 순환을 도와줘서 그런가… 살이 찌고 있다. 5킬로그램은 불은 느낌이다. 날씨가 조금 더 따뜻해지면 헬스장을 가야 할 것 같다. 추운 날에는 집에 틀어박히고 싶을 테니까.

또 다른 변화 중 하나는 주말마다 일을 하게 되었다. 이력서를 넣은 카페들 중, 개인 카페에서 연락이 왔고 면접을 봤다. 그리고 지금은 2주 치의 임금을 받고 난 후 시점이다. 예전에 회사를 다니며 주말에 카페에서 아르바이트를 했었을 때처럼 일반적인 아메리카노나 라떼를 만드는 것이 아닌 에스프레소 원액을 이용해서 에스프레소 아트를 만드는 카페이다. 에스프레소 기계 버튼마저 음료마다 다르게 적용되어 처음에는 헷갈렸지만 반복적인 일을 해서 그런지 서서히 익혀가고 있다.

평일에도 교육분야에서 일을 시작했다. 20대 초반에 용돈 삼아 누군가를 가르쳐 봤지만 곧 서른을 바라보고 경력이 중요할 때가 왔는데 다시 교육 쪽을 선택했다. 선택지가 딱히 없었고, 반복적으로 이력서를 넣고 면접을 보는 행위를 하고 싶지 않았기에 입사 결정을 했다. 첫 출근 후 믿고 싶지 않은 사건이 일어나서 울기도 했었고 내 적성 또는 성향과 맞지 않는 건가 고민을 했지만, 입사 3주 차가 지난 지금은 별 탈이 없어서 퇴사 생각은 마음속에 간직하고 있다. 3개월의 수습 기간이 있기 때문에 나는 내 인내심과 싸우고 있는 중이다.

회사는 집을 기준으로 옆 동네라 출근길이 너무 행복하다. 한 시간이 넘어가는 출근 시간도 겪어봤지만 정말 다시는 되풀이 하고 싶지 않는 일이라 이번에 이력서를 넣을 때는 회사의 위치를 중요하게 생각했다. 한 번 갈아타긴 하지만 버스 타는 시간이 총 20분을 넘기지 않아서 좋다.

오늘도 어김없이 출근을 하는데 기사님이 신호등을 기다리는 순간이었다. 외국인 아저씨 한 분이 아파트 단지에서 나오는데 바로 앞에 있는 따릉이 자전거 보관소 앞에서 자전거들의 바퀴를 쪼물딱 만지면서 어떤 자전거를 탈지 고르고 계셨다. 창밖의 그 광경을 바라본 순간 했던 생각은 "어떤 직종이길래 외국인분이 아파트에서 살 수 있는 걸까?" 였지만 꼭 그 아파트가 아닐 수도 있고, 지름길 일수도 있으며, 정말 거기서 사시는 분일 수도 있다. 왠지 '외국인'이라는 편견, 또는 열등감, 혹은 부러움에 따른 상념이었다. 하지만 어쩌면, 자전거 바퀴를 확인 하는 행동 또한 나름 이 분의 생존을 위한 것이니 돌다리도 한 번 더 두들기며 건너시는 것이 아닐까였다. 비록 점검 및 수리가 필요한 자전거들은 그 자리에 이미 없겠지만, '내가' 보는 것과는 다를 수 있겠다 싶었다. 예전의 나를 보는 듯했다. 무언가를 결심하고 실행했지만 한번에 성공을 하지 못했고 틀림 또는 실패를 보고 나서 '아, 두 번 반복할 바에 한 번 더 보는 습관을 가져보자'라는 생각을 했었다. 그 뒤로는 반복적인 실수를 하는 횟수가 줄어든 건 사실이었다.

알고 보니, 아저씨가 나온 길은 그저 아파트 옆에 있던 조그마한 산책길이었다. 외국인 아저씨를 뒤로하고 두 정거장 후에 나는 비로소 내려 회사에 도착 후 출근 카드를 찍으며 오늘도 생존 신고를 했다. 평일에도 일을 하고 주말에도 일을 하면, 쉬는 건 도대체 언제냐는 질문을 받지만, 나는 카페에서 '일'을 함에도 불구하고 힐링을 받는 느낌이 들어서 몸이 힘들어도 때려 칠

수가 없다고 답한다.

 평소에 8시 20분에 집에서 나오지만 오늘은 갑자기 버스가 파업하는 관계
로 2 0분 일찍 출발했다. 비가 오지 않았으면 따릉이를 타고 출근을 하려고
했으나 창문을 열어 앞에 있는 건물의 옥상을 보니, 오전 10시부터 비가 온다
는 예보와는 달리 새벽부터 추적추적 내린 듯하다. 한번 걸어볼까 싶어서 걷
기로 마음 먹었다. 비가 오고 안 봐도 고생길일 것 같은 오늘의 출근길이 예
상됨에도 불구하고, 힐이 신고 싶었다. 날이 더웠던 날 때만 신고 신발장에
넣어둔 힐을 꺼내 신은 다음, 가방을 어깨에 맨 후 우산을 들고 현관문을 지
나쳐 나왔다.

 퇴근을 한 시간 늦게 하면서 파업이 끝나 다시 운행하는 버스를 기다렸다.
한 달의 근무시간이 스쳐 지나갔다. 딱히 어려움이 없는 시간을 보냈다. 짜여
있는 시간표 대로 하루를 바쁘게 살아갔지만, 바쁘게 살았음에도 여유를 느
낄 수 있는 사이사이의 순간에는 굳이 잡생각을 했다. 그리고 문득 느꼈지만
지금 상황이 몇 년 전 한 회사에 다녔던 때와 비슷한 것 같았다. 딱히 발전을
할 수 없는 상황. 회사가 일이 없어서 직원들에게 일은 주지 못하고, 직원들
은 위에서 아무 말이 없으니 그저 월루[2]를 하며 다니는 상황. 하지만 그 짓도
제대로 하지 못했다, 급여가 나오지 않았던 시기였다.

---

2) 월급루팡 : 직장에서 하는 일 없이 월급만 타 가는 직원을 비유적으로 이르는 말

내가 발전할 수 있는 것이 무엇이 있을까 매일 출근을 할 때마다 생각하지만 아마 사회성과 참을성이 아닌가 싶다. 그래서 이 회사에 남을 수 있는 하나의 이유가 될 수 있을 것 같다. 이런저런 사람들을 만나보고 체험해 보면 개개인을 보는 눈을 더 발전 시킬 수 있지 않을까.

카이막 세트

카페에서 일을 한 지 한 달 하고 반이나 흘렀다. 역시나 카페 출근은 너무나 좋고 행복하다. 힐링 받는 느낌은 그대로 유지한 채 소소한 주말 일상을 보내고 있었다. 배달어플로 커피와 디저트류 주문이 들어왔다. 조리 시간 10분 ~15분을 클릭한 후, 배달 기사님이 도착하실 시간을 예상해서 음식을 조리하기 시작했다. 프레첼 빵을 8등분으로 썰었다. 그리고 오븐에 넣어서 얼린 빵들을 조금씩 녹였다. 빵이 오븐에 있을 동안, 카이막과 꿀을 소분한 뒤, 배달 중에 내용물이 흔들리지 말라고 랩을 씌운 후, 뚜껑을 닫았다.

오늘은 카이막의 농도가 적당히 꾸덕했다. 바쁜 시간에 너무 흐르거나 너무 꾸덕하면 소분할때 애를 먹는다. 또한 꿀과 같이 발라 먹는 거라 농도가 적당하지 않으면 그 자체 맛이 달라서 평소와 다른 맛을 체험하게 된다. 나는 보통 카이막과 꿀 1대 1 또는 1.5대 1로 빵에 발라 먹는데 카이막이 꿀 마냥 흘러버리게 되면 분명 내 손에 묻거나 옷에 흐른다. 맛과 질감을 음미 해야 할 순간에 뒤치다꺼리를 하게 되면 당연히 제대로 맛을 볼 수 없고 왠지 그때 느꼈던 맛과 기분이, 남은 7등분의 프레첼 빵에 똑같이 먹는다 해도 제대로 느낄 수 없을 것 같다. 그렇기에 오늘은 적당했다.

카이막 포장이 끝난 후 아메리카노를 만들고 기사님이 어디까지 오셨나 알기 위해 스크린을 봤더니 3분 정도 후면 도착하실 것 같았다. 옆에서 같이 일하는 직원 언니와 기사님을 기다리고 있는데 연세가 지긋하신 할머님께서 끌 것을 카페 문밖에 두시고 들어오셨다. 우리끼리 '설마', '에이 아니겠죠'라며 손님이겠거니 하며 주문을 도와드리려고 포스기 앞에 있었다. 하지만 스마트폰을 왼손에 드시고는 오른손으로 우리가 조리해서 한 켠에 두었던 배달 포장지를 드시고는 "이거 맞죠?" 하면서 미소를 살짝 지으시곤 목적지로 가시기 위해 다시 스마트폰을 쳐다보셨다. 한참을 밖에서 다시 휴대폰을 쳐다보시곤 끌 것에 주문한 음식을 넣으시곤 길을 떠나셨다. 기사님이 나가시고는 우리는 한참을 대단하시다며 입을 모았던 적이 있다. 너무 빨리 바뀌는 시대에 발맞춰 재빨리 적응하시려는 그 분의 노력을 보고는 포스기 앞에서 한참을 서있었다.

오후 1시부터 4시까지 일을 하는데 그중 2시에서 3시 사이 직원 언니가 휴식을 취하러 가면 나 혼자서 일을 하게 된다. 보통은 서로가 번갈아 가면서 포스기를 보고 음료를 만들지만 혼자서 자리를 지키고 있을 때 주문과 조리는 온전히 내 몫이 된다. 아, 지금까지 라떼아트는 딱 한 번 성공해 본지라, 뜨듯한 라떼 주문이 들어올 때는 조용히 라떼 주문이 들어왔다고 언니에게 도와달라 메시지를 보낸다. 그 외에 다른 메뉴 만드는 것은 얼추 혼자서도 가능하다. 내가 힐링이라고 느끼는 것이 두 가지가 있는데 이 중 하나는, 매장에서 울리는 카페 음악을 들으면서 커피 향을 맡으며 에스프레소를 추출하는 것, 그리고 또 다른 하나는, 내가 만든 음료의 사진을 여러 장 찍으며 기록하시는 손님들 같다. 나는 상대를 기쁘게 해주는 것에 내가 행복을 느끼는 것인가에 대해 생각을 해본다. 딱히 인류애가 충만한 사람도 아닌데 이런 느낌을 받는 것에 아이러니하다.

걸어 다니는 종합병원 II

언제는 한번, 목을 많이 써서 말하던 도중, 갑자기 목이 나가버리는 불상사가 생겼다. 걸걸거리는 목소리로, 목을 한 손으로 감싸며, 최대한 목에 무리가 덜 가는 쪽으로 말을 하려고 노력했다. 며칠 정도 이러고 살면 괜찮겠지라는 내 바램과는 달리, 이 상태는 약 2주 동안 지속됐다.

기다렸고 아직도 기다리고 있다.

요즘은 기다림의 미학에 대해 배우고 있다. 스스로에게 참을 '인'자를 새기며 하루하루를 버티며 사는 듯하다. 기다림이란 무엇일까. 과연 누구에게 좋은 것인가. 교육계에 있다 보니, 기다림은 숙제[3]가 아닌 당연한 의무가 되고 말았다. 성격이 급한 나에게 기다림은 곤욕이었다. 하지만 기다림도 훈련이 필요하더라. 지금보다 더 나아지는 상황을 마주보기 위해서는 필수적인 요소였다. 나 뿐만 아니라, 상대도 그랬고 모두의 '노오력'이 상생해야만 좋든 좋지 않든, 그게 아니라면 무던한 결말이라도 정해지는 것 같았다. 의무가 되어버린 기다림 덕분에 무엇이든 빨리빨리 해결해야 했던 나의 행동들은 조금씩 여유로워졌고, 상대를 바라보는 시선들 또한 시나브로 부드러워졌다. 그럴 만한 이유가 있을 거라는 생각을 하게 되니 나를 중심으로 돌아가던 세상은, 나 밖에 보이지 않던 세상에는 내가 아닌 다른 것들이 서서히 보이기 시작했다.

여느 때와 다름없이 출근하는 버스 안에서 무심코 하늘을 올려보는데 무의식적으로 건물 옥상에서 절뚝거리며 난간을 타고 있는 비둘기에게 시선이 갔었고, 퇴근하면 가끔 개천 길을 따라 무리 지어 헤엄치는 오리들명사, 두고 생각해 보거나 해결해야 할 문제을 바라보며 걸었다. 그들에게 눈길이 간다고 해서 따로 생각에 잠겨 있거나 하지 않았다. 주위를 둘러보고, 조금이라도 응어리졌던 마음이 풀리기를 바라며, 언제라도 슬쩍 꺼내 생각해야 할 것 같

---

3) 명사, 두고 생각해 보거나 해결해야 할 문제

았던 주제를 잠시라도 잊기 위해, 거기로부터 도피하기 위해 그랬었다. 그렇다고 휴대폰을 보며 가거나, 땅을 보며 걸을 때면, 차멀미를 한다던가, 반대쪽에서 오는 사람과 부딪히던가 하는 탈이 나기 마련이었다.

신발 장수

발은 두 개인데 신발 개수는 지네처럼 신고 다닐 정도로 많다. 최근에는 두 켤레를 또 샀고, 같은 브랜드에서 하나 더 사려는 나를 간신히 말리고 있다. 상대에게 신발을 선물하는 의미는 나를 떠나 다른 사람에게 가거나, 꽃길을 걸으라는 뜻을 가지고 있다는데, 이건 나에게 주는 선물이니까 내 안의 또 다른 나는 현재 상황을 벗어나고 싶다는 걸로 받아들이면 되는 것인가.

생각해 보면 나는 무언가를 똑바로 대면해 본 적이 없었다. 그래서 이번 기회에 새 신발을 신으며 발목 뒤가 까지면 밴드를 붙여, 고통이라고 생각되는 그 무언가를 맞닥뜨렸다. 그랬더니 물렁물렁했던 살에는 상처가 생겼고, 그 과정이 반복되어 굳은살이 될 것처럼 단단해 졌다. 단단할 것 같은 살 덕분에 상처를 입게 한 신발을 자주 신었는데 어느 날 신발 밑창에 금이 갔다. 산 지 얼마 되지도 않았고 아까운 마음에 보수를 하기 위해서 며칠간 다른 신발을 신고 다녔다. 그새 발이 다른 신발에 적응되어 버린 건지, 보수가 끝나고 다시 신어 보려고 하니 단단해질뻔 했던 발목은 다시 아파왔다.

'병 주고 약 주고 또 병 주는 거야 뭐야…'

관계도 그런 것 같다.

'나와 나[4]', '나와 너', '나와 우리', '나와 너희들', '나와 그들' 등.

조심히 신으려 했던 신발은 나도 모르게 뾰족한 곳을 밟을 수도 있고, 미처 마감이 잘 되지 않은(사람으로 굳이 따지자면 성장이 덜 된 사람) 부분에 빗물이 들어가 마르지도 못한 채 속에서 부식이 될 수도 있다. 말이라도 해주면 좋을 것을. 하지만 사사건건 말을 모조리 해주고 들어줄 시간은 있질 않거나, 그런 기회 조차 없었다.

언제부턴가 말을 해주는 것이, 듣는 것이 피곤으로 다가올 때 쯤에는 어느 적정의 선 까지만 있기로 생각했다. 함부로 믿음을 주지 않았다. 아니 믿음을 주는 법을 잊었다. 믿음을 주면 상처를 입을까 그냥 잊기로 했다. 서로가 잘

---

4) 나의 내면

맞추려고 상처도 입고, 금도 갔지만 좋아지는 건 상대 이거나, 나 이거나 어느 한쪽에게만 편한 관계인 것 같았다. 앞으로는 뭐든지 깊지 않게, 어느 선까지만, 내 발목에 상처가 나기 전까지, 또는 얼마 신지 않은 신발에 금이 나기 전 까지만 있기로 했다.

아이스크림

    오늘도 개천을 따라 집에 왔다. 어떤 에피소드를 가져올지, 무슨 글을 쓸지 이곳 저곳에 눈을 굴리며 걸어왔다. 그러다 딱 시선이 간 곳에 고양이 한 마리가 평온하게 움츠린 자세로 산책하는 사람들, 주인을 따르며 이리저리 냄새를 맡고 다니는 강아지들과 개천에 헤엄치는 물새들을 쳐다보고 있었다. 어두워서 잘 보이지는 않았지만 왠지 시니컬한 표정으로 사람들과 풍경 그리고 새들을 생각없이 쳐다보고 있을 것 같다고 생 에 잠겨 있을 때 사실 사색이 아니라, 그냥 한 곳을 멍하니 쳐다보곤 했다. 다른 사람이 봤을 때는 생각이 없어 보인다고 하는데 마인드 리셋 또는 기분전환이 되는 것 같아서 자주 하는 행동이고 실제로 무념무상의 상태가 된다.

글을 쓰라고 해서 썼는데 사실 어떻게 마무리 지어야 할지 모르겠다. 나는 눈 앞에 먹을 것이 있으면 우선 먹고 뭔가를 하는 편인데 지금은 이 글을 끝장내고 먹겠다는 의지로 글을 쓰고 있다. 현재 7079단어.. 뭔가 7777개의 단어에서 글을 끝맺고 싶다. 다 쓰고 수정하고 줄 바꾸고 하면 또 달라지겠지만 숫자 7이 좋아서 그렇게 하기로 하였다.

나는 이 글이 끝나면 맞춤법 검사를 하고, 수정한 후 제출하면 피드백을 받고 또 수정이 반복되겠…지만 일단 내 품을 떠나면, 우선 오늘 저녁에 사 놓았던 위즐 칙촉 아이스크림을 야무지게 퍼먹을 것이다. 즐겨먹던 칙촉 쿠키의 아이스크림 버전이라니… 여담이지만 어렸을 적 나의 꿈은 아이스크림 회사 사장 아들과 결혼하는 것이었다. 세월을 겪어보니 돈과 시간만 있다면 아이스크림 정도는 집에서도 거뜬히 만들 수 있겠다 싶어서 그 꿈은 고이 접었으나, 아직까지 홈메이드 아이스크림을 단 한번도 만들어 본적이 없었고, 여지껏 사먹기만 한다.

이렇게 보면 뭔가 계획형인가 싶으면서도 이렇게 많은 글을 쓸 줄 몰랐기 때문에 그렇지 않은건가 싶기도 하고, 원고 마감이기 때문에 오늘 아니면 앞으로 내 글을 검토해줄 사람이 없기 때문에, 나름 살기 위해 몸부림 치는 행위일수도 있겠다.

비우는 연습

최근에 신발에 금이 날 때까지 참았던 적이 있다. 그리고 신발이 아작이 나기 전에, 그 선과 나를 지키기 위해 절제하는 행위를 했다. 조금만 생각해보고 버틸 수 있는지 없는지 우선 파악해보고, 원래 하던 일 중 절반을 그만 두기로 했다. 그리고 음주를 절제 했다.

마스크를 쓰고 다녀도 그 많은 사람들이 왔다 갔다 하면서 도는 먼지나, 마스크를 벗은 찰나에 옮은 감기 바이러스가 계속해서 면역력 저하를 악화시켰다. 이대로 가면 왠지 일을 할 때 쓰러질 것만 같았다. 계속해서 보이려는 또 다른 내가 사람을 대할 때, 그렇게 하지 않기 위해 노력을 해도 나도 모르게 터져 나와서 나와 상대의 마음을 다치게 했다. 그 마음은 다음 날이 되면 순수한 아이 마냥 없었던 것처럼 정상화가 되었지만 사실 없어진 게 아니었다. 나도, 너도 마음 어느 한 켠에 꽁꽁 숨겨 놨던 것을 자신이 맞춘 선에 닿을쯤 말쯤 했거나, 넘었을 때 와르르 보여준 거니까 말이다.

그렇게 병원도 가보고 약도 지어 먹었지만 호전이 되질 않아, 다른 병원도 가보았다. 아마 병원을 한번 더 가거나 약을 더 지어 먹어야 할 것 같다. 어릴 적 아파도, 약을 잘 먹지 않아서인지, 아니면 성인이 되고나서 조금만 욱신거리고 아프면 먹었던 항생제 때문인지 약이 잘 들지 않는다. 자칭 항생제 덩어리다.

약이 들든 들지 않든 일단 복용해야 했기 때문에 음주를 되도록이면 하지 않았다. 사람들을 만나면 인맥관리를 위해 그리고 회포를 풀기 위해 마셨던 술이, 몸뚱어리가 피곤에 쩌든 상태다 보니, 스케줄이 끝나면 귀소본능이 생겨 집에서 혼자 맥주 한 캔이면 족했다.

일하는 것들 중에 벌이가 제일 많은 부분을 관둔 이유는 나를 지키기 위한 것이었고, 아무리 적게 벌어도 내가 행복하면 그걸로 족하기 때문이다. 아마 어느 시점부터는 반사적이지 않는 이상, 오전에 눈을 뜰 일이 드물겠지만 오늘의 출근길 아침 햇살은 산들 바람과 함께 햇볕이 따사롭게 비춰 그림자를 드리우고 있었다. 한때 유명했던 대사가 갑자기 생각났다.

'너와 함께한 시간 모두 눈 부셨다.

날이 좋아서,

날이, 좋지 않아서

날이, 적당해서 모든 날이 좋았다.'

이 따사로운 온도가 쭉 유지되었으면 좋았겠지만, 그러지 않을 것 같아서 그만 하기로 했다. 그리고 선택은 후회하지 않는다. 기분으로 한 선택이 아닌, 버틸 수 있는지 없는지에 대한 생각을 곰곰이 했으니까 말이다. 점점 내가 세운 신년 버킷 리스트 중 하나인 '나를 사랑해보기'가 이루어지는 듯 했다.

나를 위해 무언가를 그렇게 사며 '채우기'를 했지만 정작 내면이 채워지지는 않았다. 그래서 원래 내 마음에 차 있던 것들을 비우고 채워보기로 결심했다. 그리고 나에게 더 집중하고 내 편을 들어 주기로 했다. 겉은 다 큰 성인이라 할지라도 내면은 덜 성숙한 어린아이와 같아서 같이 성장하기로 했다. 둘 다 어린이 보다는 어느 정도 나이가 찬 동갑 친구가 되어 주기로 했다. 그렇게 같이 생존을 해보면 어떨까 싶은 바람이다.

이희연

이렇게도
삽니다

23호 피부를 가진 사람

시대에 따라 미의 기준이 바뀐다지만 살짝 까만 피부의 소유자인 나는 어릴 때부터 많은 놀림을 당하곤 했다. 너는 한국인이 아니고 아프리카에서 왔냐고 한다든가, 티브이에 아프리카 난민이 나오는 장면에선 나를 툭툭 치곤 "야! 저기 너 방송 나온다."라고 한다든가 말이다. 그들은 보통의 또래보다 조금 다르다는 이유로 나를 괴롭혔고 그것은 결국 오랫동안 지워지지 않는 상처이자 나의 까만 피부에 대한 콤플렉스가 되었다.

그 시절 백옥같이 하얀 피부만 찬양하던 미디어들의 분위기 또한 한몫했다. 하얀 피부를 가지고 싶어서 항상 모든 기초화장품을 미백이라는 글자가 붙은 것들로 샀었고, 꾸준히 사용하면 정말 피부가 하얗게 된다는 광고에 속아 (백탁현상에 의해 일시적으로 하얗게 보이는 것뿐이었지만) 미백크림도 엄청나게 사들였다. 그렇게 미백에 쓴 돈만 해도 백만 원은 훌쩍 넘을 것이다.

그러다 스무 살 무렵 어느 날, 타고난 피부색은 바꾸기 힘들다는 사실을 깨달았다. 배나 등처럼 거의 노출할 일 없는 곳이 가장 밝은색이자 본래 피부색일 텐데, 그렇다면 무슨 짓을 해도 그보다 밝아지긴 어려운 것 아닌가. 지금까지 했던 모든 시도가 부질없었으며 내가 어찌할 수 있는 영역이 아니라는 생각이 들자, 밝은색 피부에 대한 미련이 스르륵 사라졌다.

인천공항에서 출국할 때였다. 심사 차례를 기다리는 곳과 심사받는 곳의 거리가 몇 걸음 떨어져 있어서 소리가 작게 들렸지만, 심사관이 앞사람에게 "안녕하세요."하고 인사하는 목소리를 분명히 들었다. 그러나 내 차례가 되니 그는 "패스포트."하고 짧은 단어 하나만 툭 내뱉을 뿐이었다. 아무래도 외국인으로 오해받은 것 같다. 당혹스럽지만 내색하지 않고 조용히 초록색 여권을 내밀었다. 여권 첫 장을 확인한 그는 민망했는지 활짝 웃으며 즐거운 여행 되세요! 힘찬 인사를 건넸다.

모 미술관에 입장할 때 직원에게 영어 팜플렛을 받기도 하고, 이태원이나 명동 등 외국인이 많은 지역으로 가면 영어로 응대받는 일도 자주 겪다 보니, 이젠 영어로 들어오는 질문에 유창한 한국어로 대답해 주고 깜짝 놀라는 직원들의 반응을 즐기기도 한다.

이국적인 외모 덕에 악의 없는 오해가 생겨서 웃을 수 있는 에피소드가 생기기도 했고, 어린 시절과는 다르게 내가 가진 개성을 그대로 인정해 주는 주변 사람들이 생겼다. 나의 피부색을 미워하기보다 매력으로 받아들이기로 했다. 이제 미백은 아무래도 상관없어졌다. 아예 여름엔 선크림 대신 태닝 오일을 바르는 깡도 생겼다.

이제는 까맣든 하얗든 지금 나의 색을 그대로 좋아한다.

절대 따라 하지 마시오

요 며칠간은 아무리 두꺼운 옷들로 몸을 꽁꽁 감싸도 문밖으로 발을 한 발짝 내딛는 순간 절로 몸이 움츠러들 만큼 날이 너무 추웠다. 자연스레 집에 있는 시간이 늘어나고 몸과 마음은 점점 늘어졌다. 따뜻한 실내에 편안히 누워 계속 쉬고 싶은 마음과, 어떻게든 움직여서 찌뿌둥한 몸을 환기해야만 할 것 같은 두 마음이 부딪혔다.

가만히 침대에 누운 채 뭔가 재미있는 게 없을까 생각했다. 혼자 나가서 즐길 수 있는 콘텐츠가 있는지 이리저리 고민해 봐도 카페 혹은 산책 외엔 딱히 떠오르는 게 없다. 카페에 가서 앉아 있어도 무언갈 할 수 있을 것 같진 않다. 의욕이 샘솟진 않지만, 특별한 것을 찾지 못한 머릿속엔 산책이라는 글자만 데굴데굴 굴러다녔다. 핸드폰을 열고 산책하기 괜찮은 경로를 검색했다. 몇 개의 후보 중 한성대 입구에서 시작하는 한양 성곽 따라 걷기가 가장 마음에 들었다. 지금 집을 나서면 한성대 입구에 도착할 즈음엔 오후 3시 30분. 소요 시간은 약 1시간 30분 정도일 테고 해는 6시쯤 질 테니 딱 적당하겠다. 그런 계산을 하고 집을 나섰다. 앞으로 어떤 일들이 일어날지 상상도 못 한 채.

성곽을 따라 걷는 '산책로'라 했지만, 막상 맞닥뜨리게 된 길은 사실상 '등산'이었다. 오르막으로 이루어진 공원길을 지나니 계단으로 조성된 쉬운 등산로가 나왔다. 그 길을 따라 천천히 올라갔다. 4시 50분이 되었을 무렵, 아뿔싸! 해가 지기 시작했다. 지도에서 현재 위치를 보니 다시 내려가는 것보다 팔각정까지 가는 것이 빠를 것 같았다. 그곳엔 휴게소도 있고 차들도 다니는 곳이니 버스가 있을 것이다. 거기까지만 올라가서 버스를 타고 빠르게 하산해야겠다는 계획이었다.

이때라도 늦지 않았으니 그대로 뒤돌아 왔던 길을 따라 다시 내려갔었어야 했는데.

정상에 다다를 무렵 어느새 흙길이 끊기고 탁 트인 하늘 아래 도로가 나타났다. 지나가는 자동차는 없었지만, 운전자 입장으로 생각해 본다면 산 위에 있는 도로에 어찌 저리 뜬금없이 산으로 들어가는 길이 나 있을까, 과연 저 등산로를 이용하는 사람이 있긴 할까 싶은 길에서 그게 바로 저예요! 하고 걸어 나온 것이다. 하지만 나는 산책하러 나온 사람의 입장이라 '이런 산길에 갑자기 도로가 나타나다니 신기하다.' 같은 생각이나 하며 나무들 사이로 가까이 보이는 팔각정으로 향했다.

작은 공원처럼 예쁘게 조성된 공간과 카페와 편의점, 주차장에 있는 차들이 보였다. 사람들이 존재하는 곳에 도착했고 더 이상 산속을 혼자 걷지 않아도 된다는 사실에 안도했다. 그렇게 한 바퀴를 돌다 보니 무언가 이상했다. 자동차를 타고 온 방문객들만 있을 뿐 버스 정류장이 보이지 않았다.

사람이 많이 다니는 곳이니 막연히 버스 정류장도 있으리라 생각한 나의 실수였다. 가볍게 시작한 산책길이라 보조 배터리도 챙기지 않았다. 핸드폰 배터리는 바닥을 향해 가고 차가운 바람은 점점 매서워졌다. 팔각정 내부에 마련된 휴게소에 잠시 앉아 고민했다.

방문객 중 아무나 붙잡아 사정을 설명하고 산 밑까지만 태워달라고 해볼까? 그렇지만 원래라면 여유롭게 시간을 보낼 예정인데 나 때문에 일부러 일찍 출발하게 되는 건 아닐까? 혹은 나쁜 마음을 먹고 이상한 곳으로 가버리면 어떡하지? 그렇다면 신원이 확실한 여기 가게에 근무하시는 분들께 부탁해서 그들의 퇴근 시간에라도 차를 얻어 타볼까? 하지만 그것마저 거절당한다면? 아니, 애초에 신원이 확실하다고 해서 내가 안전한 게 맞나?

절대 따라 하지 마시오 49

많은 고민 끝에 도달한 결론은, 핸드폰이 꺼지기 전에 그저 계속 산책로를 따라 최대한 빨리 산에서 내려가는 것이 내가 할 수 있는 유일한 방법이었다.

해가 떨어지기 전까지만 산책하고 돌아올 예정이었기에 짧은 패딩에 얇은 바지 하나만 입고 나왔다. 목도리나 장갑도 없었다. 해가 진 12월의 산길을 버티기엔 너무 가벼운 차림이었다. 배터리가 최대한 닳지 않도록 비행기모드로 바꾸었다.

내려가는 길에는 인도가 있었다. 가드레일 너머 차도를 따라 가로등 불에 길이 밝았다. 불행 중 다행이다. 목을 날카롭게 스치는 바람 때문에 몸을 움츠리고 양손을 주머니에 넣었다. 그러다 이대로 넘어지면 크게 다칠 것 같단 생각이 들어 손을 겨드랑이 사이에 넣었다 빼기를 반복했다. 한 걸음 한 걸음 추위에 떨며 얼어버릴 것 같은 다리를 힘겹게 움직이며 길을 내려가는 동안 어느덧 하늘이 완전히 캄캄해졌다. 앞이 잘 보이지 않아 핸드폰 플래시 하나에 의지하며 조심조심 발걸음을 옮겼다.

얼마나 걸었을까, 도로 반대쪽에 군부대가 보였다. 입구를 지키고 있는 군인은 철문을 닫으려 하고 있고 안쪽엔 불 켜진 건물이 있었다. 잠시 고민했다. 건너편까지 들릴 만큼 크게 소리쳐서 도움을 청해볼까? 저곳엔 차가 있지 않을까? 수상한 민간인 취급을 받더라도 몸을 좀 녹일 수 있으면 좋을 텐데, 집에 갈 수 있을 만큼만이라도 핸드폰 충전을 할 수 있다면 좋을 텐데.

잠시 비행기모드를 풀고 지도 앱에서 제일 가까운 버스정류장을 검색했다. 걸어서 20여 분이 걸린다고 한다. 만약 목적지까지 앞으로 1시간, 아니 40여 분 정도였더라도 부끄러움을 무릅쓰고 입구의 군인을 향해 구원을 바라는 목소리를 외쳤을 것이다. 하지만 도보 20분이라는 시간은 도움을 청하기에 애매하게 느껴졌다. 혹은 절박함이 부족했거나.

산만 내려가면 바로 서울 시내다. 남은 배터리 잔량은 10퍼센트. 20분이라면 혼자서 어떻게든 해볼 수 있을 것 같았다.

그로부터 5분 정도 지났을 때 위기가 찾아왔다. 차도와 나란히 이어지던 도보 길이 끊겼다. 정확하게는 자동차 도로의 진행 방향은 왼쪽으로 이어지는데, 도보 길은 오른쪽 계단이랑 이어졌다. 계단은 아무리 봐도 산으로 이어진다. 이 시간에 산으로 들어가야 한다고? 믿을 수가 없어 다시 지도를 열어보았다. 지도 또한 산으로 이어지는 길로 가야 한다고 안내하고 있었다. 눈앞의 갈림길은 마치 생사의 갈림길처럼 보였다.

다시 고민이 시작되었다. 차도 쪽은 가로등이 있어 길이 밝다. 자동차도 한 번씩 지나갈 것이다. 그러므로 만약 체력이 다해 쓰러진다 해도 산길을 택했을 때보다 발견이 빠를 것이다. 가드레일을 넘어 갓길에 바짝 붙어 걸어가는 상상을 해보았다. 그러다 어떤 차량이 추운 겨울밤에 산길을 혼자 걷고 있는 여성을 발견하고 그녀를 불쌍히 여겨 도움을 줄지도 모른다. 하지만 갓길이 너무 좁아 사고의 위험이 높아 보였다. 도로를 따라 걷는 길이 조금 더 많이 걸어야 했다. 고민 끝에 지도가 알려주는 경로가 빠르고 정확할 것이라 믿고 산으로 향하는 계단을 올랐다.

플래시를 최대 밝기로 설정해도 고작 세 걸음 앞밖에 보이지 않았다. 흙에 미끄러지거나 돌이나 나무 등에 걸려 넘어지지 않도록 신중하게 한 발짝씩 천천히 걸었다. 이러다 도심에 도착하기 전에 얼어 죽는 것은 아닐까. 사람이 잘 지나다니지 않는 길이라서 한 달 후에나 발견되면 어쩌지? 지역신문의 아무도 관심을 가질 것 같지 않은 뒷장 구석에 '서울의 20대 모 여성, 변사체로 발견.'이라는 짤막한 문장과 함께.

여기까지 생각이 들자, 핸드폰을 열어 친구에게 메시지를 보냈다.
[친구야, 나는 지금 북악산 팔각정에서 산책로를 따라 부암동 방면으로 가고 있어. 배터리도 거의 없고, 산을 헤매고 있는데 만일 내일까지 연락이 닿지 않으면 신고해주렴.]

다행히 산길은 금방 끝나고 다시 도로와 나란히 걸었다. 이윽고 하나둘씩 사람이 사는 집과 골목길이 보이기 시작했다. 카페와 게스트하우스도 드문드문 있었다. 조금씩 안심이 되었지만, 너무 마음을 놓았던 건지 길을 잘못 들어 예상보다 30분을 더 헤맸다. 지갑을 갖고 있으니 불안하지는 않았다. 핸드폰이 꺼지고 길을 잃어버려도 민가(혹은 게스트하우스)의 문을 두드려 상황을 설명하면 최악의 상황은 피할 수 있지 않을까.

　오랜 시간 어둠과 추위를 견디다 마침내 도착한 버스정류장은 그렇게 반가울 수가 없었다. 자리에 앉아 얼음장 같은 손을 녹이며 안도의 한숨을 내쉬었다. 복잡한 버스 안 승객들을 바라보며 생각했다. 당신들은 내가 어떤 절체절명의 위기를 넘기고 여기에 앉아 있는지 절대 알지 못할 테지.
　여러분들은 절대 본인처럼 해가 짧은 겨울날 오후 3시가 넘은 시간에 입산하는 바보 같은 짓은 하지 않길 바란다.

내셔널지오그래픽

오랜만에 책장을 정리했다. 과거에 구독했던 잡지들이 한편에 쌓여있었다.

예전부터 각종 전시회에 가서 작품 감상하기를 좋아했다. 그날은 내셔널
지오그래픽 사진전을 관람하고 나오던 길이었다. 전시장 로비에는 방금 보
고 나온 사진들이 표지로 장식된 잡지를 가득 늘어놓은 홍보부스가 마련되
어 있었다. 호기심이 생겨 그 앞을 기웃거렸다. 가볍게 둘러보고 지나갈 생각
이었다. 그러나 친근하게 다가와서는 나의 관심사를 순식간에 알아채고 솜씨
좋게 영업을 펼치는 직원의 말에 결국 홀린 듯이 잡지 정기구독을 결제해 버
렸다.

구독료는 유망한 과학자들의 연구와 전 세계 탐험가들에게 후원되고, 후원자

가 된 나는 그들의 탐험 여정 이야기를 들을 수 있다고 한다. 세상에, 멋지잖아.

북유럽 어딘가에 위치한 안개 낀 숲속 어느 저택에서 흔들의자에 앉아 창밖을 보며 여유롭게 커피를 즐기는 대부호의 이미지가 떠올랐다. 어리석게도 결제만 한다면 나도 그런 사람이 될 수 있을 것! 이라 생각하진 않지만, 상상 속의 멋진 대부호가 만끽하는 여유의 발끝 정도는 느껴볼 수 있지 않을까 하는 생각에 사로잡혔다. (막상 인터넷도 없고 도심과 멀리 떨어진 곳에 있게 된다면 3일 안에 도망쳐버리겠지) 그녀의 말은 항상 조금 더 넓은 세상을 보기를 갈망하던 나의 허영을 채워주기에 제격이었다.

야망 좋게 결제한 잡지는 다르게 말하자면 충동적으로 결정한 일이었고, 그렇게 매달 받게 된 잡지는 얼마 가지 않아 비닐 포장도 뜯지 않은 채 책장에 한 권씩 차곡차곡 쌓이게 되었다. 양질의 이야기가 들어있다는 걸 알고 있으니 버리기는 아까웠다. 읽지도 않으면서 언젠간 꼭 읽으리 다짐하며 이사할 때도 꼬박꼬박 챙겨 다녔다.

책장에서 먼지를 털어내고 가장 먼저 손에 잡히는 잡지의 비닐을 뜯어내고 페이지를 한 장씩 넘겼다. 세계 각국의 이야기를 읽다 보니 언젠가부터 마음 한구석에서 계속 맴돌던, 어디론가 훌쩍 여행 가고 싶다는 마음이 파도처럼 일렁인다.

얼마 전 재미 삼아 온라인 신년운세 뽑기를 했다. 건강, 연애, 이사, 학업, 금전 등등에 짤막한 글이 한두 줄씩 적혀있었다. 여행 운도 있었다. 그러나 곧 김이 샜다.

'여행 : 단념해라'

단념이라니. 그렇게까지 단호하게 적어놓을 일인 건가! 심술이 나서 입술을 삐죽거렸다. 재미로 보는 운세라지만 괜한 반발심이 생겼다. 가지 말라니까 더더욱 가고 싶다. 그러다가 여행지에서 무언가 우당탕 일이라도 터지면 그건 그것대로 재미있는 이야깃거리가 생길 테니 좋은 게 아닌가? 하고 합리화를 해본다.

상황이 여의찮아 선뜻 실행에 옮기지는 못하고 있지만, 최근 한 달 동안 이미 마음속으로는 열 번도 넘게 여행을 다녀왔을 것이다. 그러고 있자니 상황이고 뭐고 에잇 모르겠다! 될 대로 되라지 라며 막무가내로 떠나버릴까? 하는 상상도 잠시 해보았다.

든든한 직장에 사표를 던지고 전 재산을 털어 세계여행을 했단 사람의 이야기를 떠올렸다. 그 이야기를 처음 접했던 당시에는 멋지다 생각했지만 지금 보니 개인 짐과 집은 어떻게 할 것이며, 언제 구해질지 모르는 불확실한 새 직장에 대한 계획, 여행을 마치고 돌아왔을 때 머물 곳은 어떻게 해결할 것인지, 이 모든 것을 해결할 비상금은 남겨 두고 있는 건지? 그렇다면 그것은 전 재산을 턴 게 아니지 않나.

온갖 의문이 꼬리에 꼬리를 물때쯤 생각을 잘라냈다. 10여 년도 더 전에 보았던 이야기에 태클을 걸어보았자 아무 소용 없는걸.

핸드폰 속 작은 사진으로만 보던 커다란 건물을 눈앞에서 보고, 하루에 2만 보씩 낯선 거리를 두 발로 직접 걸어 다니며 상쾌한 바람을 온몸으로 맞고 싶다.

아. 여행 가고 싶다!

이렇게 글을 끝맺은 후, 다음 글이 '결국 비행기 티켓을 끊어버리고야 말았다'로 시작하는 이야기였다면 정말 흥미로웠을 텐데.

흥미를 위한 여행을 떠나볼까 하는 생각을 안 해본 건 아니지만, 그러기엔 현실을 살아내야 하는 어른이 되어버렸다.

방 탈출

어두운 방 안에서 시끄럽게 알람이 울린다. 아직 비몽사몽인데 귀를 때리는 듯 날카로운 그 소리에 살짝 짜증이 났다. 포근한 이불 속에서 팔만 대충 뻗어 머리맡 어디쯤 있을 핸드폰을 찾으려 더듬거렸다. 오전에 하루를 시작해 보고자 다짐하며 아침 10시에 맞춰놓은 알람을 3시간 동안 수차례에 걸쳐 미루었다. 머리를 베개에서 떼지 않은 채 기지개를 쭈욱 켜다가 다시 털썩, 늘어뜨린다.

핸드폰을 집어 시간을 확인한 뒤, 몸을 일으키지도 않고 눈만 반쯤 뜨고 잠시 멍하니 천장을 바라보았다. 그리고 몸을 옆으로 돌려 누운 자세로 눈동자만 살짝 굴려서 방 안으로 희미하게 들어오는 빛을 본다. 최소한의 움직임으로 창문을 보는 방법이다.

이곳은 고층이지만 앞 건물이 코앞에 바짝 붙어 있어서 한낮에도 해가 잘 들지 않는다. 어찌나 가까운지 만약 집에 불이 난다면 창문을 열고 맞은편 건물로 뛰면 살 수 있을지도 모른다. 창틀에 올라가 심호흡을 한 번 크게 한 뒤, 앞 건물 에어컨 실외기로 점프하는 상상을 해본다. 쿵 하는 소리에 확인하러 온 사람과 눈이 마주친다. 죄송하지만 집에 불이 나서요. 저기 보이시죠? 살려주세요. 그러나, 어쩌면 운이 나쁘게도 난간이 튼튼하지 않아 인간의 하중을 견디지 못하고 실외기와 함께 추락해버리는 배드엔딩을 맞이해버리려나.

아무튼, 집 밖으로 직접 나가지 않는 이상 오늘의 날씨가 맑은지 흐린지 비가 오는지 눈이 오는지 알기 어렵다. 그저 지금이 낮인지 밤인지 정도만 알 수 있을 뿐이다.

자리에서 일어나 간단히 밥을 차려 먹고 다시 두 시간 정도 침대에서 꾸물거렸다.

며칠 동안이나 빛도 잘 들지 않는 좁은 집에 있자니 너무 갑갑했다. 집에만 있지 말자고 항상 자신과 다짐을 한다(다짐만).

외출하고 싶은 마음은 항상 있다. 하다못해 어디로든 간단히 산책이라도 꾸준히 나가면 좋으련만 오늘은 해가 져버려서, 오늘은 너무 추워서, 오늘은 그냥 집에 있고 싶어서... 갖가지 이유로 침대에서 일어나 옷을 입고, 신발을 신고, 현관 밖으로 나가는 일은 생각과는 달리 행동으로 실천하기엔 너무나 어려운 일이다.

나흘 만에 집에서 나왔다. 오랜 시간에 걸쳐 나와의 싸움을 하다 겨우겨우 탈출한 작은 방. 대문 밖으로 한 걸음 내딛고 신선한 바깥공기를 크게 한 번 들이마신다. 생각보다 춥지 않은 날씨에 양팔을 쭈욱 뻗어 기지개를 고는 오늘의 산책로를 향해 이동한다.

광화문의 드넓은 광장을 한 번 쓱 쳐다보고는 산책을 시작했다. 종로를 지나 인사동을 거치고 청계천을 따라 걷다가 다시 출발점으로.

5km가 조금 넘게 걷고 지쳐서 광화문 지하의 대형서점에 앉아 잠시 휴식을 취했다. 막상 이렇게 나오면 마음 환기도 시키고 좋은 걸 알면서, 왜 이리 나오기가 어려운지. 몇 년째 스스로에게 묻고 있지만 아직도 대답하지 못하고 있다. 대신 한가지 꾀를 냈다. 아무래도 혼자서는 잘 움직이지 않으니, 약속을 잡아야겠다. 약속이 생기면 귀찮아도 어떻게든 나가긴 하니까.

부지런히 방에서 탈출한다. 가라앉기 딱 좋은 겨울로부터 잠식당하지 않기 위해.

지루한 날들의 연속이다.

아메리

일본의 오카야마라는 소도시로 여행 갔을 때의 일이었다.

게스트하우스 공용공간에서 저녁을 먹으며 투숙객끼리 자연스레 인사를 나누고 이야기하게 되었다. 유명한 대도시가 아니다 보니 여행객은 나를 제외한 이들이 모두 일본인이었고, 홀로 발음과 억양이 튈 수밖에 없는 외국인은 의도치 않게 모두의 관심을 끌어버렸다. 어디에서 왔냐는 물음에 한국에서 왔다고 하자 그들은 그렇구나! 하는 대답과 함께 '일본에 온 것을 환영해!'라는 듯 반기는 눈빛과 상냥한 미소를 보내주었다. 그 중 유난히 화색이 돌며 나를 바라보는 소녀가 있었다.

"와 정말요? 저 BTS 좋아해요!" 그녀가 말했다.

아이돌에 크게 관심이 없었고 멤버들의 이름은커녕 BTS가 몇 명인지도 몰랐지만, 기대에 가득 찬 듯 눈동자를 반짝이는 그녀의 얼굴에 이렇게 답할 수밖에 없었다.

"저도요~"

그녀는 K-POP과 드라마를 좋아하고 한국어도 공부 중이라고 했다. 서툴지만 어찌어찌 소통은 할 수 있는 정도의 한국어로 재잘거렸다. 자신이 좋아하는 팀과 나는 아무런 관계가 없는데, 심지어 나는 그 팀을 잘 알지도 못함에도 불구하고 그녀는 자신이 좋아하는 팀과 내가 국적이 같다는 사실만으로 나에게 친근감을 드러낸다. 신기하고 멋진 일이다.

내가 말하는 한국어가 그녀에게 어려울까 봐 일본어로 대답했다. 문득 일본인은 한국어로, 한국인은 일본어로 대화하고 있는 우스운 상황을 자각했다. 어라, 혹시 한국을 좋아하는 그녀는 한국인과 한국어로 대화해 보고 싶었던 게 아닐까? 그때부터 그냥 한국어로 대답해 주었다.

한국으로 돌아온 후에도 우리는 종종 메신저로 연락한다.
어디서 배웠는지 모르겠지만 [와아아ㅏㅏㅏ] 처럼, 간혹 감탄을 표현할 때 모음만 여러 개 보내곤 한다. 그런데 어느 날은 [오오ㅗㅗㅗㅗ] 하는 채팅을 보내왔다. 모음 'ㅗ'는 단독으로 쓰지 않는다는 암묵적인 룰이 있지만 그녀에 겐 악의가 없다는 걸 잘 알고 있다. 지적할지 말지 고민만 하다 끝내 타이밍을 놓쳐버렸다. 그런 탓에 나는 아직도 [좋아요오오ㅗㅗㅗ] 등의 메시지를 받는다. 난감하다.

그녀는 자신의 이름이 '아메리'라고 했다.
아메리.

한국인인 나의 시선으로는, 미안하지만 자연스레 아메리카노라는 단어가 제일 먼저 떠올랐고, 두 번째로는 '아멜리'라는 영어 이름이구나 싶어 이름을 부를 때 채팅창에 '아멜리'라고 적어 보냈다. 그러나 그녀는 여전히 '아메리'라는 표기로 답장했다. 그렇게 불러주길 원하나보다. 그녀의 마음을 존중하기로 했다. 물론 아메리카노가 연상된다는 말은 하지 않았지만 말이다.

눈 오는 날의 서울숲

 겨울은 위험하다. 추위는 가혹하고 밤이 길어서 어둡고 축축한 우울에 빠지기 쉽다.

 한 해가 고작 사흘 남은 시점인데 아직도 아무 계획이 없다. 1년 중 마지막 시간을 떠나보냄과 동시에 신년맞이 카운트다운을 어떻게 준비해야 할지 생각한다. 어딜 가도 사람이 많겠지. 집에 혼자 있긴 싫은데, 그렇다고 밖에 나가자니 인파에 떠밀려 다니는 것도 싫다. 그런 이유로 이러지도 저러지도 못하고 고민의 시간만 늘어가고 있었다.

 오랜 시간 같은 음악을 좋아하는 친구를 1년 만에 만났다. 서로의 안부와 그동안 살아왔던 이야기, 연말을 어떻게 보낼지, 내년은 또 어떻게 살아갈지, 우리가 좋아하는 음악가에 대한 이야기, 그리고 그 음악가는 무얼 하느라 공연 소식이 이리도 뜸한지 투정하기 등등.

깊은 밤이 되어 아쉬움을 뒤로하고, 다음 만남을 기약하며 작별 인사를 했다. 내일은 또 뭘 하며 시간을 보내야 할지 고민하며 돌아가는 길. 밤거리의 화려한 네온사인들이 어딘가 쓸쓸하게 빛나고 있다.

그때였다. 메시지가 도착했다는 알림음과 함께 손에 들고 있던 핸드폰 액정화면이 밝게 빛났다. 발신인은 아영 씨. 오랜 지인 중 한 명이다.

[뭐하고 계세요?]

단순히 안부를 묻는 것으로 보이지만 묘한 직감이 들었다. 약속이 잡히겠구나! 내심 기뻐하며 몇 개의 메시지를 더 주고받았다.

[그럼 혹시 내일은 뭐 하세요? 시간 있으면 만날래요?]

역시나, 나의 예상이 맞았다.

그녀는 오랜만에 서울로 올라오게 되었는데, 낮을 어떻게 보낼지 고민 중이라 한다. 생각나는 서울의 명소들을 검색해서 흥미로워 보이는 이벤트 링크를 모조리 보냈다. 당신이 무얼 좋아할지 모르겠으니 전부 가져와 봤어요, 하는 마음으로. 우리는 몇 군데의 후보지를 고민하다 서로 관심사가 겹치는 디즈니 전시를 보러 가기로 했다.

다음날, 도착한 전시장에는 현장 예약 마감 안내문이 걸려있었다. 오픈한지 겨우 1시간 정도 지났을 뿐인데. 오늘처럼 눈이 펑펑 내리고 추운 날에도 사람들은 어찌 이렇게 부지런할까. 우리는 한동안 아쉬운 듯 입구를 바라보았다.

"이제 어쩌죠?" 그녀가 말했다.

사전 조사에 의하면 인기가 많은 전시여서 일찍 마감될 수 있다기에, 지금 같은 상황을 대비해 생각해 둔 차선책을 꺼냈다.

"눈 쌓인 서울숲이 예쁠 것 같은데 산책하는 거 어때요?"

"좋아요. 안 그래도 오는 길에 눈이 많이 오길래 눈 뭉치 만드는 집게를 사 왔어요!"

그녀는 의기양양한 표정으로 가방에서 두 개의 눈 뭉치 집게를 꺼내 보였다. 푸하하! 엉뚱한 행동에 나는 저항 없이 웃음을 터뜨렸다.

공원에 발을 들이자마자 발목까지 눈이 쌓인 땅은 끝없이 펼쳐져 있고 촘촘히 심겨있는 가로수는 겨울나무가 언제 앙상했냐는 듯 새하얀 눈꽃을 가득 피우고 있었다. 이렇게 멋진 풍경 앞에 술이 빠질 수 없지! 편의점에서 사온 하이볼을 꺼냈다. 장난기가 발동했다.

"하이볼을 시원하게 마시는 방법, 얍!"

허리 높이쯤에서 하이볼을 떨어뜨렸다. 폭신폭신한 눈더미가 캔 모양으로 움푹 파였다. 이 광경을 지켜보던 그녀는 재빨리 하이볼을 꺼내서 바로 옆자리에 캔을 떨어뜨렸다.

술은 아직 따지도 않았는데 우리는 마치 취한 사람처럼 별것 아닌 일에 웃음을 쏟아냈다.

눈 뭉치 집게로 각자 곰돌이와 용용이를 만들어 돌담 위에 늘어놓았다. 지나가는 사람에게 그것을 냅다 선물하기도 했다. 낯선 이에게 말을 거는 건 술김이라 가능한 용기였다. 귀엽다며 좋아해 주어 다행이다. 걸을 때마다 자박자박 발소리가 들리는 눈길을 따라 걷다가 폴짝폴짝 뛰고, 눈을 주먹 크기로 모아서 아영 씨에게 던지고 도망가기도 했다. 눈밭을 뛰어다니다가 넘어졌지만, 그것조차 즐거웠다.

엉성한 눈사람의 얼굴을 보완해 주고, 산책 나온 강아지 친구들에게 인사했다. 누군가 만들어놓은 올라프를 보고 감탄하기도 하고, 대체 어떻게 쌓아 만들어 올렸는지 모르겠지만 2미터는 족히 되어 보이는, 사람 키보다 훨씬 큰 눈사람 앞에서 사진도 찍었다.

이곳이 바로 아렌델이 아닐까? 영화에서나 보던 겨울왕국 속으로 직접 들어온 것만 같았다. 아주 오랜만에 동심으로 돌아간 것 같다.

자칫 혼자서 아무 일도 일어나지 않는 지루한 연말을 보낼 뻔했지만, 즐거운 추억을 채워 남은 겨울을 버틸 힘이 생겼다.

겨울은 혹독한 계절이다. 그럼에도 꿋꿋이 피어나는 꽃은 존재한다. 이것을 잊지 말아야 할 텐데.

빙수와 떡볶이와 불개

읽고 있던 책에 전래동화 불개 이야기가 잠깐 언급됐다. 나도 언젠가 읽은 적 있는 동화인데 대략적인 줄거리는 이러하다. 하늘에 사는 임금이 불개에게 해를 가져오라 시켰다. 불개는 해를 물었지만 너무 뜨거워서 뱉어버리고 말았다. 그러자 임금은 대신 달을 가져오라 했고, 이번에는 달이 너무 차가워서 뱉어버렸다. 그럼에도 임금은 불개에게 자꾸 해와 달을 가져오라 했고 불개가 해와 달을 물 때 일식과 월식이 생긴다는 이야기.

소싯적 떡볶이와 빙수를 같이 파는 가게에 자주 갔다. 둥글고 깊은 그릇에 간 얼음을 담은 후 가운데에 소프트아이스크림을 높이 쌓아 올리고 남는 공간에 생과일과 통조림을 잔뜩 담아주던 빙수. 고춧가루로 맛을 낸 후 치즈를 얹은 평범한 치즈떡볶이. 두 메뉴에 튀김까지 추가로 시켜서 친구들과 나눠 먹곤 했었지. 빨리 녹아버리는 빙수 먼저 끝장낸 후 떡볶이를 먹는 것이 우리들의 암묵적인 규칙이었다. 찬 것을 많이 먹어 입안 감각이 둔해질 정도로 차가워진 입안에 말랑하고 따끈한 떡볶이를 처음 입에 넣는 순간 온도 차 때문에 이가 깨질 정도로 시렸다.

옛날 사람들은 가보지도 않은 달을 왜 차갑다고 표현했을까. 그 시절엔 인터넷 검색도 없었는데 말이야. 달은 밤에 뜨고, 밤은 추우니까 그렇게 생각한 걸까. 달의 온도를 검색했다. 각자 내놓은 답은 달랐지만, 공통적으로 낮엔 영상 100도가 넘고 밤엔 영하 100도 이하로 내려간다고 한다.

불개가 낮 시간의 달을 깨물었다면 이야기가 바뀌었을까 잠시 생각했다. 그렇지만 태양의 표면온도는 5,000도가 넘는다고 하니 고작 100도짜리 달을 깨문 순간, 빙수와 떡볶이를 먹을 때처럼 이가 깨질 듯이 시려서 결국 결말은 바뀌지 않았을지도 모르겠다.

디즈니 이야기

또래 친구들은 어린 시절 매주 일요일 아침마다 티브이에서 방영해 주는 디즈니 만화동산을 좋아했다고 하는데, 일본 만화 특유의 쨍하고 뾰족한 그림체에 익숙하던 나에게는 디즈니의 동글동글하고 부드러운 색감의 그림체가 낯설었다.

특히 이야기가 진행되다 갑자기 노래를 부르는 뮤지컬 형식이 도무지 이해되지 않았다. 당시 유행하던 마법소녀물의 열정적이고 힘찬 목소리의 캐릭터, 액션마다 특수효과가 번쩍거리는 판타지 모험물에 길들어있던 어린이 이희연의 시선으로는 다른 작품보다 두 배 이상 많은 프레임 수가 만들어내는 부드러운 움직임과 우아한 성우분들의 목소리, 주로 고요한 자연 배경이 많았던 디즈니의 분위기는 상대적으로 덜 매력적이었다.

친구들 사이에서 인기가 많던 디즈니 캐릭터 문구 상품에도 그다지 관심이 없었고 초등학교에서 종종 라이온킹을 틀어주어도 인간 캐릭터 없이 사자와 익살스럽게 생긴 작은 동물들끼리 노는 만화에는 영 흥미가 생기지 않아서 그걸 시청하기보단 엎드려 자는 걸 선택하곤 했다.

그런데, 아이러니하게도 성인이 된 이후 디즈니 덕후가 되어버렸다. 누군가의 추천곡으로 미녀와 야수의 주제곡을 듣게 된 것이 시작이었다. 곡이 너무 아름다웠다. 동화책으로 대강의 이야기는 알고 있었지만, 이 아름다운 곡이 삽입된 애니메이션 영화가 보고 싶었다.

OTT 사이트에 가입하고 제목을 입력한 후 재생 버튼을 눌렀다. 애들 영화라 생각해서 기대는 하지 않았다. 그러나 생각은 오래가지 않아 착각이었음을 깨달았다. 어른이 되어서 본 디즈니는 무척 아름다웠다. 다른 어느 곳에서도 볼 수 없는 특유의 섬세한 몸짓과 표정은 이야기의 세계에 빠질 수 있게 몰입을 더 해주었고 어린 시절 미처 이해하지 못했던 풍부한 감정선들이 사실은 아주 촘촘하게 짜여있었다는 게 보였다.

포털사이트에 디즈니 영화 개봉 순서를 검색하고, 알려주는 대로 정주행했다. 백설공주부터 시작해서 라이온킹을 지나 겨울왕국, 모아나...

그로부터 6개월쯤 지났을 때, 마침 어느 영화관에서 디즈니 특선을 진행한다는 소식을 접했다. 이미 수십 년이 지난 애니메이션을 영화관에서 재상영해준다는 것이다. 커다란 화면과 영화관 사운드. 놓칠 수 없지. 모든 영화를 하나씩 예매했고 그때부터 가랑비에 젖듯 나도 모르게 디즈니의 매력에 빠지게 되었다.

지금 생각해 보면 그 시기 열심히 영화관을 들락거리던 것은 일종의 도피가 아니었을까 싶다. 절망으로 가득한 회색빛 현실 세계에서, 영화를 보는 시간만큼은 디즈니가 보여주는 그 아름다운 세계에 잠시 다녀올 수 있으니까.

인터넷 알고리즘은 귀신같이 나의 관심사를 알아채 보여주곤 한다. 마치 낙엽 밑에 숨어든 덫처럼 유튜브를 가도, 인스타그램에 가도 예상치 못한 순간에 디즈니 관련 소식을 알려주었다. 수많은 덫 중에서 유난히 빛나 보이는 덫이 있었으니, 생일날 디즈니랜드에 가면 하루 종일 생일 축하를 받을 수 있다는 이야기였다. 나는 그 덫에 홀랑 빠져들어 버렸다.

생일을 지루하게 보낸 지 오래되었다. 이곳에 가면 그날만큼은 꿈과 환상의 세계에서 모든 것을 잊고 반짝반짝한 하루를 보낼 수 있을 것만 같았다. 가장 가깝고 만만하게 갈 수 있는 곳은 도쿄 디즈니랜드였다. 바로 옆에 디즈니씨도 있다.

좋아, 그렇다면 전야제는 씨에서 보내고 생일은 랜드에서 맞이해주겠어.

주변인들에게 이 아름다운 이야기에 대해 말했지만, 돌아오는 대답은 모두
'고작 생일 축하를 받기 위해 디즈니랜드씩이나...?'였다.

그랬다, 이것이 아름답고 반짝거리는 이야기로 보인다는 것은 디즈니 덕후
에게나 해당하는 이야기였다. 그럼에도 나의 의지는 흔들림이 없었고 혼자
도쿄로 향하는 비행기에 올라탔다.

입구에 들어서기도 전에 거리는 온통 디즈니 OST 오케스트라 음악으로 가
득 울려 퍼지고, 누가 봐도 '나 디즈니 가요!'하고 뽐내는 차림의 사람들이 한
가득했다. 길을 잘 몰라도 이 사람들만 열심히 따라가면 목적지에 정확히 도
착할 수 있을 것이다.

인터넷에서 본 대로 지나가다 보이는 아무 직원을 붙잡고는 말했다.

"안녕하세요. 오늘 제 생일이에요!"

다짜고짜 묻지도 않은 이야기를 해야 해서 민망하지만, 어쩔 수 없다. 이렇
게 말해야만 그들의 품속에서 스티커를 준다. 손바닥만 한 크기에 귀여운 캐
릭터 프레임이 그려진 동그란 벌스데이 스티커. 직원들은 그것을 보고 방문
객의 생일을 알 수 있다.

직원은 프로였다. 진심으로 축하해주는 목소리. 눈을 동그랗게 뜨고 환한 웃

음을 짓는 모습은 마치 사랑에 빠진 안나와 닮아있었다. 하루에도 나와 같은 사람이 매일매일 몇 명이나 있을 텐데 자본주의 미소라는 게 티 나지 않는다.

"와아! 축하해요! 이름이 뭐예요?"

"희연입니다."

잘 알아들을 수 있도록 히.요.은.[5] 하고 덧붙였다.

외국 이름이니 가타카나로 적어줄 줄 알았지만, 그녀는 이름을 한글로 보여줄 수 있냐고 물었다. 핸드폰 메모장에 이름을 적어 보여주니 그것을 따라 적는다. 아니, 글자를 보고 따라 그리는 것에 가까웠다. 모르는 언어지만 조금이라도 더 기쁘게 해주려는 섬세한 마음이 느껴진다.

받아 든 스티커는 눈에 아주 잘 띄도록 가슴팍에 붙였다.

오늘의 목적을 위해.

사람들이 멈춰서서 일제히 어딘가를 보고 있었다. 시선을 따라가보니 궁전 2층 발코니에 신데렐라와 왕자가 왈츠를 추고 있다. 밑에서 바라보는 시선들은 전혀 신경 쓰지 않은 채, 세상에 오직 자신들만 존재한다는 듯. 그 모습이 눈부셔서 한참을 바라보았다.

베니스처럼 꾸며둔 베네치안 곤돌라에 탑승했다. 뱃사공의 임무를 맡고 있는 직원이 열심히 노를 저으며 노래를 불러주었다.

---

5) 일본에는 '여'발음이 없다.

"딴띠 아구리 아떼~"

이탈리아어는 모르지만, 멜로디는 분명 우리가 아는 그 생일 축하 노래였다.

머메이드 라군으로 이동하니 만화영화로 보던 인어공주의 그 몽환적인 바다 밑 세상이 그대로 펼쳐졌다. 바다의 왕 트리톤을 위한 연회에서 막내딸이자 주인공인 에리얼이 사라져 버린 장면을 그대로 재현한 뮤지컬 공연을 보았다. 관객은 연회에 초대받은 손님이라는 설정이었다. 뒤늦게 나타난 에리얼은 정말로 바닷속을 헤엄치는 것처럼 와이어 하나만 매단 채 꼬리를 쉴 새 없이 움직이며 무대를 자유롭게 날아다녔다. 저 언니 코어 힘이 대단하다고 생각했다. 엉뚱한 어른이다.

롤러코스터에서 차례를 기다리던 중, 자기 일행과 수다를 떨고 있는 여학생과 눈이 마주쳤다. "오늘 생일이에요?" 그녀는 목소리와 눈빛에 활력이 가득했다. 그렇다고 대답했더니 "저랑 같은 날이네요!" 하고 자기 옷에 붙여둔 스티커를 가리킨다. 축하 인사를 서로 주고받았다.

기념품 매장, 간식 트럭, 놀이기구, 음식점 등 랜드 곳곳에 포진해 있는 직원들과 눈이 마주칠 때마다 하루 종일 생일 축하를 받을 수 있었다. 그것도 공주와 왕자가 춤을 추고, 앨리스가 인사를 건네주는, 내가 제일 좋아하는 세계관 속에서.

"탄죠-비 오메데토! (생일 축하해요!)"

꽃놀이를 가는 이유

겨울의 끝을 지나 여름이 들어서기 전 마주하게 되는 계절, 봄. 봄날의 꽃놀이를 좋아한다. 라고 써놓곤 자기검열을 했다. 나는 정말로 꽃놀이를 좋아하는 게 맞는 걸까?

대답이 선뜻 나오지 않는다.

답을 찾기 위해 매년 봄이 어땠는지 기억을 되감아 보았다. 햇살이 살짝 덥다고 느껴질 즈음 서늘하게 불어오는 바람, 청량한 하늘의 색과 잘 어울리는 잔디에 돗자리를 깔고 사이사이 가득한 꽃을 배경으로 맛있는 음식과 가볍게 술을 즐긴 후 사진 찍으러 주변 산책 한 바퀴 돌다가 결국 인파에 치여 살짝 지친 모습으로 다시 제자리로 복귀한다.

내가 생각하는 봄 꽃놀이의 이미지다. 하지만 기억 속에서 이런 장면은 그다지 잘 찾아지지 않았다. 좋아한다고 함은 어쩐지 두 팔로 커다란 원을 그리며 이마안큼 좋아해야 할 것 같은데, 내가 가진 기억 은 서랍 구석구석을 뒤져야 겨우 찾을 수 있을 만큼 작은 유리구슬이다. 누군가가 꽃놀이 같이 가지 않을래? 하고 묻는다면 흔쾌히 좋다고 대답하겠지만, 그건 꽃놀이가 아닌 그 사람과 함께 하는 시간이라 좋은 쪽에 가까울 것이다. 아무래도 나의 마음은 이마안큼이 되지 않는다고 결론을 내렸다.

그렇게 부정해 놓고 올봄은 유난히 꽃을 많이 보러 다녔다. 매화, 개나리, 목련, 튤립… 꽃놀이라고 말하기엔 거창하고 꽃망울에 꽃잎이 열리기 시작할 무렵부터 낮이고 밤이고 틈틈이 일부러 꽃을 볼 수 있는 길을 찾아 걸었다. 꽃놀이라 말할 수 있는 것도 두 번쯤 다녀왔다. 꽃을 보러 가는 이유는 무엇일까.

아름다운 순간들을 찾아 찰나의 반짝임을 포착하기 위해, 기어이 봄은 돌아왔고 삶이 늘 흑백이지만은 않다는 것을 확인하기 위해, 어쩌면 여전히 살아있음을 확인하기 위한 절박한 시도일지도 모르겠다.

벚꽃이 만발한 거리를 걷다 바람을 타고 흐르는 존재를 깨달았다. 벚꽃에도 향이 있구나. 매년 보았을 테지만 화려한 모습에 가려져 지금껏 눈치채지 못했다. 그제야 주변을 보니 거리는 온통 가득 흘러넘친 색들이 바닥에 닿아

흩뿌려지고 다시 날아다니고 있었다. 그 속에서 나는 검은색 작은 점처럼 멈춰 있는다. 빙글빙글 돌아가는 봄빛에 감싸여 어지러움을 느꼈다. 바람에 흩날리는 꽃잎은 마치 온 세상이 자기 것이라도 되는 듯 군림했다. 그러나 흩날린다는 것은 벚꽃으로 가득 찬 세계가 언제 존재했냐는 듯 스르르 저물어 사라져 버릴 것이라는 신호이기도 하다.

봄이 오고 꽃이 피고 세상이 잠시나마 색으로 가득 차더라도 그것은 곧 사라지고 말 것이다. 뜨거운 태양 아래 음악 소리가 끊임없이 울려 퍼지는 축제의 시간이 장식하는 여름도 어두운 면을 잊을 수 있는 잠깐의 위로일 뿐, 그 순간의 아름다움이 삶의 어둠을 온전히 덮어주지는 못한다.

약속된 시간이 지나면 다시 겨울이 오고 또 지긋지긋한 어둠과 마주하게 되겠지. 오히려 그렇기에 더더욱 색을 채우려 하고 춤을 추고 노래한다. 몰아낼 수 없는 시간과 같이 살아가기 위해서. 살아내는 동안 반짝이는 찰나의 시간만 잇고 이으면 손바닥만큼 커진 유리구슬이 될 테니까.

그레이스

잘 하고
있어요

프롤로그 : 서른살의 직장인

오전 9시부터 오후 6시.

주말이나 공휴일을 제외한 평일엔 회사로 출근해 큰 오차 없이 규칙적인 하루를 보낸다. 각자 에피소드는 조금씩 다르겠지만 대부분 직장인과 비슷한 삶을 살고 있다. 대체로 변수가 적어 예측가능하고 안정적인 일상이지만, 어찌보면 따분하다. 이런 환경에 적응한 지 햇수로 6년째다. 지인들은 베테랑이란 칭호를 의심없이 붙여주지만 아직도 성장할 날이 더 많은 중수 직장인 정도라고 답한다.

멀리서 보면 매일 똑같아 보이는 일상을 가까이 들여다보고 싶었다. 그동안 날마다 수고의 정도가 다른 목표들을 이뤄가며 긍정과 부정이 얽힌 다양한 감정을 느껴왔다. 생각했던 것보다 하루가 다채로웠다.

　회사를 다니면서 잘 해내고 싶은 마음에 후회와 자책에 빠지기도 하고, 현실에 대한 번아웃 증후군 증상으로 후다닥 충전을 시작하곤 했다. 그렇다고 늘 힘들었던 건 아니다. 마음이 편안하고 만족스런 감정을 나눌 수 있는, 종종 나의 안부를 물어주는 사람들로부터 위안을 얻으며 행복을 다시 찾곤 했다. 다 그렇게 살아가는거지 뭐.

　고군분투하는 일상 속에선 '잘 하고 있어요' 라는 한 마디가 힘듦을 지워준다. 이 글을 쓰면서 지금에서야 스스로에게 전할 수 있었다.

　잘 먹고, 잘 쉬고, 잘 살고 싶은 대한민국의 직장인들 힘냅시다.

알람을 듣지 않아도 되는 날

평일 휴가는 선물이다.

아마 대부분의 직장인들은 공감할 것이다. 만약 출근을 하는 아침이었다면, 몸무게의 2배 이상 되는 힘이 누르는 듯 침대에서 힘겹게 일어나 피곤함 가득한 얼굴로 속삭였을 것이다.

"아... 더 자고 싶다."

그러나 휴가라는 수식어가 꾸며주는 평일은 사뭇 다르다.
아이폰 기본 알람소리를 듣자마자 아쉬움 섞인 짜증을 느끼며 졸린 눈을 비비지 않아도 된다. 또 만족스러울 만큼-8시간 이상의 숙면-자고 일어나 어두운 암막커튼 사이로 살짝 비친 햇살이 얼굴에 닿는 기분은 정말 최고다.

가을 아침의 시원하고 맑은 공기를 마신 듯 상쾌한 기분으로 일어나 먼저 든든하고 배부른 첫 끼를 준비한다. 자신을 보살피는 가장 쉽고도 기본적인 방법이다. 자취를 하면서 혼자 살면 밥과 반찬이 적절하게 구성된 잘 차려진 식사를 챙겨 먹기 힘들다. 뭐 핑계라면 핑계일 수도 있겠지만. 그래서 쉴 때 만큼은 꼭 3대 영양소가 균형을 이룬 식사를 준비하는데 문득 이런 생각이 들기도 한다.

'다 먹고 살자고 일을 하는데 일 때문에 잘 챙겨 먹지 못하다니.'

보통 처리해야 할 개인적인 일이 있을 때나 집 주변을 떠나 놀러가고 싶을 때 휴가를 떠난다. 물론 아무 이유없이 '그냥' 휴가를 보내고 싶을 때도 있다. 그런데 회사 업무에 치여 살 때면 스트레스로 인한 경고음이 울려 재빠르게 '타임!' 을 외치고 휴가카드를 꺼낼 수 밖에 없다. 이런 날이 흔하지 않았으면 하는 바람인데 안타깝게도 종종 겪는다. 현대인에게는 어쩔 수 없는 것인가. 휴.

한 꼬집의 쓸쓸함을 느끼며 본격적으로 하루를 즐기기 시작한다. 굳이 누군가와 함께할 필요는 없다. 혼자있는 걸 좋아하고 잘하는 내향적인 성향 탓에 때론 쓸쓸해 보이는 여유가 참 맘에 든다. 오히려 쉴 틈도 없이 바쁘게 달려오던 시간을 최대한 늘려 천천히 음미할 수 있기 때문이다. 날씨까지 받쳐주면 금상첨화. 흰색 구름과 수채화 톤의 파란색이 적절한 그라데이션을 이룬 하늘과 머리카락이 살짝 찰랑일 정도의 바람이 부는 그런 날씨. 그럼 바로 썬크림만 쓱 바른 얼굴에 캡모자를 푹 눌러쓰고 밖을 나선다. 야호!

사실 거창하고 대단한 일로 하루를 채우진 않는다. R&B 풍의 음악 듣기, 미뤄뒀던 집안일, 감수성을 자극하거나 혹은 지극히 정보만을 전달하는 책 읽기 그리고 피부관리 받기. 공통점은 한껏 긴장을 풀고 혼자만의 여유를 느낄 수 있는 행동이란 것이다. 시간에 쫓기거나 타인의 눈치를 보지 않고 심적으로 편안한 상태를 유지하고 싶은 마음이 크게 작용한다.

회사에서는 반대로 1시간이 언제 지났는지도 체감하기 어려울 만큼 정신없고 바쁜 날이 많다. 정해진 근무시간 내에 그 날의 체크리스트를 계속 확인하는 두 눈과, 컴퓨터 타자기를 누르기 바쁜 두 손은 한결같다. 또 사무실에서 함께 일하는 동료들과 근황을 나누는 가벼운 대화를 나누다가도 미간이 살짝 찌푸려지기도 하는 다소 심각한 업무에 대해 쉴새없이 논의한다. 속으로는 대자로 누워 잠이나 자고 싶다는 생각을 하면서.

이렇게 상황과 시간의 여유를 갈망만 하다가 가끔 선물을 주듯 휴가를 쓴다. 직장인이 되고 나서는 식사를 챙기는 것만큼이나 필수적인 행동이 되었다. 다음을 위해 쉬어간다는 생각은 딱히 부연 설명이 필요 없는 정답이 되었다. 무한정휴식만 가득한 삶은 그것대로 무료하고 한없이 나태해질 테지만, 적절한 쉼의 과정은 다음을 위한 도움닫기가 된다. 잘 달려왔으니 중간에 물 한잔 정도는 마셔야 하지 않을까.

바빠도 연애를 하는 이유

21살. 인생에서 처음 연애를 시작했다. 공백기도 있었지만 그래도 곧잘 연애를 해왔다. 솔로 기간도 잘 보내는 편이었고 연애를 하지 않으면 심히 외로움이나 불안함을 느끼지는 않지만, 연애 상대 앞에서만 마음 속 깊은 감정들과 생각들을 꺼내는 나의 성향엔 더욱 연애가 필요하다고 생각했다.

회사 업무에 시달려 힘이 쭈욱 빠진 상태에선 혼자서 시간을 보내며 천천히 에너지를 다시 충전하는 것도 좋았지만, 연애 상대가 주는 위로와 칭찬도 큰 만족감을 줬다. 불순물이 섞여있는 물에 투명하고 깨끗한 물을 계속 붓다 보면 어느새 정화되는 것처럼 마음이 그렇게 변했다. 누구보다 가깝다고 생각하는 상대가 토닥여주는 시간은 꽤나 달콤했고, 환기가 되었다. 그렇지만 가장 흥미로운 건 예상치 못한 행복이다. 그날 밤은 평소 계획과 달랐다.

저녁 6시 30분. 업무를 마무리 하느라 6시를 살짝 넘겼지만 퇴근 후의 삶을 시작하기엔 충분한 시간이었다. 서둘러 컴퓨터 전원을 끄고 회사 건물 밖으로 나오니 겨울이라서 그런지 벌써 주변이 어둑했다. 저녁 식사는 간단히 해결하고 싶어 회사 근처에 있는 프렌차이즈 샌드위치 전문점으로 갔다. 안으로 들어서자 계산대 옆 진열대엔 완성품으로 있는 샌드위치가 보였다. 이미 거의 다 팔려서 남은 메뉴가 별로 없었지만 다행히도 늘 먹던 닭가슴살바질 샌드위치가 있었다. 포장 주문을 하고 약 10분 후, 종업원은 오븐에 살짝 데운 샌드위치를 포장한 종이 봉투를 건넸다. 겉면이 따뜻했던 덕분에 손난로같아서 두 손으로 살포시 움켜쥐었다. 그리고 곧장 지하철역으로 갔다. 얼마 기다리지 않아 지하철이 도착했고, 좋아하던 힙합과 캐롤음악 10곡 정도를 재생하니 어느새 내려야 할 역의 이름이 안내 음성을 통해 들렸다. 누가봐도 빨리 집에 들어가고 싶은 사람처럼 문 앞 쪽으로 가서 바로 내릴 준비를 했다.

삑삑삑삑삑.

오피스텔 건물로 가볍게 뛰어 들어가 엘리베이터를 타고 도어락 비밀번호를 1초도 안 걸릴만큼 재빠르게 눌러 안으로 들어왔다.

탁! 바로 전등 스위치를 눌러 집 안을 환하게 밝혔다. 마음이 편안해지고 긴장이 풀리는 이 느낌, 아 좋다. 모아뒀던 재활용 쓰레기도 내일 버려야겠다고 생각할 만큼 다시 밖으로 안 나가겠다는 굳은 의지가 생긴다. 가방을 탁자 위에 올려두고 입고 있던 패딩점퍼를 옷장에 넣고서 극세사 원단의 잠옷으로 갈아입었다. 얼른 바깥의 먼지를 씻어내고 싶다는 생각에 온수로 가볍게 세안을 하고 나왔다. 뽀얗게 변한 얼굴에 유자향이 나는 수면팩을 부드럽게 바르고서 남자친구에게 전화를 걸었다.

보통 퇴근 후엔 남자친구와 통화를 하며 하루 일과를 공유했다. "오늘 하루는 어땠어?" 라는 질문을 시작으로 서로가 다르게 보낸 일상의 궁금증을 맘껏 표현한다. 대화 중간마다 말장난도 더하다보니 1시간이 될 정도로 통화가 이어졌다. 그런데 점점 졸음이 오던 탓에 눈꺼풀이 무거워졌다. 침대에 누워 허리까지 덮은 이불을 만지작거리며 통화를 마무리 할 준비를 하던 순간, 남자친구는 특별한 제안을 했다.

"지금 집 앞으로 가도 돼?"

"엥 뭐라고? 밤 10시가 넘었는데?"

"그래도 갈 수 있어."

"....그래, 보자!"

평소의 나였다면 절대 하지 않는 결정이었다. 상대방과 만나기 1시간도 남지 않은 상황에서 갑작스럽게 정하는 약속. 그런데 이 날은 왠지 평소와 같지 않은 행동을 하고 싶었다. 배터리 잔량이 1% 밖에 남지 않은 핸드폰마냥 체력을 다 써 피곤함이 가득했지만, 왠지 모를 기대감에 살며시 얼굴에 생기가 돌기 시작했다. 대략 30분이 지나고 남자친구는 집 앞에 도착했다. 우리 둘다 잠깐 산책을 하고 싶어 차로 15분 정도면 갈 수 있는 학교 운동장으로 향했다. 주변 공기가 찬 겨울밤이었고, 폭신하고 따뜻하고 하얀 찐빵같이 생긴 함박눈들이 쉴새없이 떨어지고 있었다.

보드득-.
토닥토닥토닥토닥.

눈이 제법 쌓인 바닥과 신발이 맞닿은 부분에서 나는 마찰음은 듣기 좋았다. 마치 수고했다는 따뜻한 음성과 함께 어깨를 토닥여주는 것 같았다(실제로도 남자친구는 내 어깨를 감싸고 있었다). 한바퀴를 돌고 중간 쯤 왔을 때 위를 올려다보았다. 가속도가 붙은 듯 점점 빠르게 다가오는 눈송이들은 백색의 환한 가로등 빛을 만나 별이 되어 눈에 박혔다. 말린 동태눈처럼 생기가 없던 눈동자는 어느 때보다 반짝였고, 진한 검정색을 띄었다. 공허했던 빈 마음이 채워지는 기분이었다.

"우와.. 눈 오는 거 봐. 진짜 이쁘다."

"그러게 이쁘다."

"좋다."

"오늘도 고생많았어."
"고마워."

특별한 대화는 없었다. 함박눈에 대한 감동을 공유하는 짧은 이야기와 오늘도 고생했다는 위로, 그뿐이었다. 그리고 운동장 몇바퀴를 더 도니 시간은 어느새 1시간이 훌쩍 지나 있었다. 자정이 다 된 시각, 아직 평일은 절반이나 남아 있었기에 서둘러 우린 헤어졌다.

그날 밤, 꽤나 이상한 감정과 생각에 휩싸였다. 회사 업무가 끝나면 곧장 집으로 가 시간을 보내며 일찍 잠에 드는 것이 진정 쉬는 것이라고 생각했다. 그런데 평소와 달랐던 새로운 경험은 더할 나위없이 훌륭한 선택이었고 후회가 없었다. 잠에 들기 전 옅은 미소가 번지기까지 했으니!

연애 상대와 이것 저것 맞춰가다보면 이전에 없던 선택지가 늘어난다. 그만큼 일상의 스트레스를 지워버릴 방법도 다양해졌다. 하루를 잘 보내려고 애썼던 노력에 대해 아낌없는 격려를 받고, 때때로 찾아오는 예측 불가능한 감동과 희열에 중독되어 바빠도 연애를 지속한다.

앗! 죄송합니다

일의 경험이 쌓이고 능력치가 커지면 자연스레 빈도가 줄어드는 것이 실수다. 그런데 가끔은 이를 거스른다고 생각될 만큼의 잦은 실수들로 괴로울 때가 있다. 상사에게 가져갈 보고서에 사용한 단어나 숫자를 잘못 적는 건 아주 작은 실수에 불과하다(괜찮다는 건 절대 아니다). 치명적인 것은 외부 사람들과의 관계가 엮여 있을 때다.

"그런 연락 받은 적 없는데요?"

"·····×됐다"

평소 욕을 쓰는 경우가 거의 없지만 통화 종료 후 거를 틈도 없이 튀어나왔다. 회사의 제품을 홍보하는 영상 촬영을 해야 했고 외부 스튜디오가 필요한 상황이었다. 다른 팀에서 관리하는 적합한 장소가 있었는데, 비슷한 목적으로 공간을 사용하는 경우 많아서 담당 직원과 미리 일정을 정해놔야 했다. 그런데 협조를 구한다는 연락-최소 1주 전에는 공식 문서로 주고 받는 것-을 깜박했다. 업무 체크리스트에 빨간색 펜으로 표시해뒀던 사항이 아직도 미완료 상태였다.

"죄송합니다... 제가 깜박했습니다."

"이틀 후에 촬영을 해야 하는데.. 어... 저 혹시 가능한 시간대를 구할 수 있을까요..?"

안 된다는 답변을 예상했다. 상대쪽도 미리 정해둔 일정이 있을 테니까. 등 뒤에선 식은땀이 흘렀고 어쩔 줄 몰라하는 다급하고 주눅 든 목소리에 말은 자꾸 꼬였다.

"후우... 알겠습니다. 다행히 비는 시간이 있어요."

"다음 번엔 미리 연락 주세요."

"정말 감사합니다!"

다행이라는 생각과 함께 몸에 힘이 빠지는 느낌이 들었다. 운이 좋았다. 한
숨 한번 내뱉기도 부족하다고 느낄 정도로 정신이 혼미했던 시간이 지나 어
느새 저녁 6시가 되었다. 퇴근을 하기 위해 사무실 밖을 나가는 다른 동료들
에게 짧은 인사를 건네고 혼자 남았다.

조용한 사무실. 눈 앞에 각종 필기구와 서류들이 질서없이 누워있는 책상
을 마주했다. 자책이 나를 한없이 때렸고, 살짝 아파올 때 쯤 무사히 해결했
으니 다행이라는 위로도 해봤지만 소용없었다. 정신없이 여러가지 일이 한번
에 몰아칠 때는 수용 가능한 용량을 초과해서 그런지 자꾸 깜박했다. 주변 시
선에 대한 창피함과 스스로에 대한 실망감 때문에 한동안 탈수 전 물에 젖어
묵직해진 빨랫감마냥 무겁고 축 가라앉아 있었다. 그렇게 반쯤 불이 꺼진 사
무실에 혼자 앉아 우울한 감정 속에서 허우적대고 있으면 적절한 타이밍에
꼬르륵 소리가 불을 켜준다.

이제 그만하고 밥먹자.

토핑 추가로 두툼해진 서브웨이 샌드위치를 입 안이 꽉 찰 정도로 베어 물
고 천천히 먹다보니 우울한 기분이 조금씩 해소됐다. 그제서야 실수로 인해

느낀 부정적인 감정의 잔재물까지 서서히 사라진다.

실수를 무사히 해결한 날엔, 내면에서 좌절과 안심이 계속 대립하는데 그 과정이 서서히 끝나갈 때 쯤 해결 방법이 툭하니 떨어진다. 어디 숨어있었는지 애석하게끔. 사실, 이미 답을 알고 있었지만 밀려오는 감정에 잠식당하다 보니 미처 발견하지 못했다. 거창할 것도 없다. 다음번엔 한번 더 체크하고, 좀 더 미리하면 되는 것. 그리고 너무 자책하지 말 것. 하지만 아직은 실수에 의한 타격감에 아파하고 떨쳐버리기까지 시간이 걸리나 보다. 이런 허점을 스스로 포용하지만 한없이 익숙해지진 말자. 어찌됐든 실수는 0에 가까워질수록 모두에게 좋으니까.

잘 해내고 있지만 그래도 더 잘 해보자.

이 일을 정말 사랑했습니다.

대가없이 우러나오는 감정에 의해 일을 한적이 있는가. 월급을 받는 회사에서는 흔치 않은 경험이다. 그 일에 대한 순수한 애정이 넘치지 않는다면 말이다.

"팀장님, 대학생을 뽑는 건 어떨까요?"

회사를 홍보하는 업무를 시작하게 된 첫 해, 홍보를 위한 영상에 나올 출연자를 구할 방법이 마땅치 않아 고민을 할 시기에 담당 팀장님께 파격적인 제안을 했다.

"오 좋은 생각인데? 추진해보자."

"...근데 혼자서 괜찮겠어?"

다행히 긍정적인 답변이 돌아왔지만 뒤이어 걱정이 따라붙었다. 당연한 반응이었다. 위험부담이 거의 없고 잘 짜여진 체계에 의해 안정적으로 업무가 진행되는 회사의 특성과 반대로 업무를 새로 만드는 도전이었기 때문이다. 그렇다고 앞뒤 가리지 않고 무모한 도전을 하려고 했던 건 아니다. 당연히 첫 시도이기에 시행착오가 있을 것이라고 예상했다. 그러나 막연한 두려움때문에 우유부단해지기보다는 해볼 만하다는 긍정적인 판단을 시작으로 성취감을 얻고 싶었다. 의지가 통했는지 담당부서에서도 큰 반대없이 승인을 해줬고, 초반에 학생들을 선발하여 집단을 구성하는 단계까지는 생각보다 일이 수월하게 진행되었다. 문제는 그 다음부터였다.

새로운 도전에 대한 거리낌없는 자신감을 너무 믿었던 걸까. 행복한 상상만을 좇았던 열정은 책임이란 무게를 간과했다. 1년치 계획을 쓴 보고서의 수정 버전이 10번까지 있을 정도로 철두철미하게 준비했다고 생각했지만 오만했다. 구성원이 몇 명인지는 그다지 중요하지 않았다. 각기 다른 타인들을 짜여진 방향대로 이끄는 건 여간 어려운 일이 아니었다.

또 하나의 어려움은 회사 내부 직원들의 관심을 이끌어내는 것이었다. 아직 시작 단계니까 그럴 수 있다는 합리화가 통하는 시기였지만 이 집단의 존재를 알고 있는 사람은 겨우 학생들과 나, 함께 일하고 있는 팀원들, 그리고 부서의 몇몇 직원들 뿐이었다. 안타깝게도 이 신생 집단은 내부 직원들의 관심 밖이었다. 물론 초반부터 그랬던 건 아니다. 대학교를 모두 졸업하고 최소 20대 후반의 나이대의 사무실 동료들만 보다가 회사 환경이 신기하고 앞으로 할 일에 대한 생각으로 한 껏 들떠있는 대학생들은 그들의 호기심을 충분히 자극할 수 있는 존재였다. 그러나 이것도 잠시뿐이었다. 꾸준한 관심을 붙들어 놓기 위해선 일반 사무직 직원들의 업무에서는 흔히 생각할 수 없는 파격적인 행동을 한다거나, 주 1회 정도는 될 법한 홍보기사가 무더기로 쏟아져 나와야 했다. 혼자서는 이 모든게 역부족이었다.

"아 어쩌지.. 잘하고 싶은데"

정답이 떠오르지 않아 막막했다. 앞이 깜깜했다. 어디 어둡고 사람이 없는 곳으로 들어가 목이 쉬기 직전까지 소리치고 싶었다. 혼자서 조금 버겁다고. 하지만 그럴 수가 없었다. 이왕이면 잘 해내보겠다고 단언하듯 큰소리쳤던 모습이 연상되며 자존심이 스멀스멀 기어 나왔다. 주변 직원들에게서 욕만 먹지 않게 대충 1년만 버티는 정도만 할까란 무책임한 생각도 해봤다. 하지만 아무것도 모르고 기대감에 반짝거리는 눈으로 나를 바라보는 학생들이 떠올랐고, 얼마 안 가 포기하려했던 자신을 꾸짖었다.

어느새 1년 중 3분기가 지나고 마지막 달이었던 9월, 뭔가 하나는 해야겠다고 생각했다. 임팩트를 주고 싶었다. 회사에서는 20대 초반에서 중반에 이르는(Z세대) 연령층이 주요 홍보 타깃이었고, 이를 실현시킬 수 있는 결과물이 필요한 시기였다.

"대학교 축제에서 콜팝(콜라와 팝콘 치킨)을 주는 건 어떤가요?"
"오.. 괜찮은데요? 어떻게요?"

"저희 학교 축제에서 부스 등록을 할 수 있어요!"

원래 아이디어는 긴장 없이 툭 던질 때 나온다. 20대 초반의 사람들이 가장 많이 모여 있는 곳이 대학교였고 그들을 실시간으로 공략하기 쉬운 장소였다. 마음 속 한구석엔 한번도 해보지 않은 일이었기 때문에 실패에 대한 걱정과 부담이 자리잡고 있었지만 어차피 이 집단조차 새로운 도전이었기에 일단 고(일명 노빠꾸)를 외쳤다.

이런 신박한 의견을 낸 학생은 참 신기한 친구였다. 3학년이었던 그 친구는 하루가 24시간으로는 모자라 보일 정도로 바빴다. 그럼에도 불구하고 함께 진행하는 프로젝트에 대한 깊은 애정을 행동으로 보여줬다. 때때로 홍보 성과를 위한 고민에 빠져있으면 이런저런 아이디어를 쉴새없이 말하고 앞장 서서 추진하려고 했으니-아침에 일어나보면 아이디어를 적은 카톡 메시지가 와있기도 했다. 어떨 때 보면 나보다 더 담당 직원같았다. 대학교 축제에서 부스를 운영해보자는 아이디어도 그런 마음에서 비롯되었다고 짐작한다.

약 한 달간 준비하고 3일간 진행했던 그 프로젝트는 우리들에게 많은 것을 남겼다. 체력의 한계에 다다를 때까지 고생을 함께 해봐야 쉽게 자를 수 없는 끈끈한 정이 생겨 마음의 거리가 더 가까워진다는 말이 딱 들어 맞았다. 오전 8시에 부스를 시작하여 주변 정리까지 밤 10시가 넘어서야 끝났고 하루에 10 분도 채 앉아 있지 못할 정도였으니! 마지막 3일 째가 되던 날, 군대도 다녀오 지 않았지만 전우애라는 표현을 쓰며 서로를 토닥였다. 객관적인 수치로 보 여줄 수 있는 결과도 나름 인정받았다(당시 부스에 방문한 사람들을 대상으 로 이벤트를 진행해서 회사 유튜브 채널의 구독자가 500명이상 늘었다).

"도울 수 있는 부분이 있으면 밤 늦게라도 괜찮으니 언제든 말해주세요."

프로젝트의 담당자로서 막중한 책임감을 오롯이 혼자 짊어지며 낑낑대던 모습이 안쓰러웠는지 자진해서 고생을 자처하는 학생들이 신기하면서도 고 마웠다. 한 가지 목표를 위해 모인 다수들 중 그 목표를 위해 더욱 시간을 쏟는 사람은 분명 있기 마련이다. 아마도 철저하게 손익만을 위해 계산하는 것이 아닌 때묻지 않은 순수한 애정에 의해 자연스럽게 나오는 행동일 것이다. 총 13명 중 대략 5명의 학생들은 이 집단에 진정으로 애정을 쏟았다. 손발이 오그라들고 괜시리 민망해진다는 표현이 충분히 나올만큼 함께한다는 자체가 행복하다고 자주 말했었으니.

"서울에 올라와서 여기 사람들 보는게 행복했어요."

"진짜 고생하셨습니다."

1년 동안의 결과를 나누는 현장에서 모두의 소감을 듣는 순서가 왔고, 학생들은 이 말을 주저없이 전했다. 월 1회 이상으로 자주 만났었는데 대부분 서울까지 왕복 2시간 이상이 걸릴 정도로 떨어진 지역-인천, 춘천, 대전, 천안-에 살고 있었다. 그 거리를 오는 시간 또한 행복했다고 표현한 것이다. 상사들이 앞에 있었고, 당시 사회자로 서있었지만 장맛비가 내리듯 두 눈에서 눈물이 후두둑 떨어졌다. 양쪽 눈의 쌍꺼풀이 퉁퉁 부을 정도로. 애를 낳아보지도 않았으면서 왜 잘 키운 자식들을 기특해하는 모성애를 느꼈는지 의문이다. 지금 생각해보면 살짝 부끄럽다.

구조요청도 잘 들리지 않았던 망망대해에 떠있는 배를 노젓기 위해 일주일에 3번 이상은 자정이 넘어 퇴근할 만큼 고민하고 또 고민했다. 책임감이 주는 압박감에 도망치고 싶은 순간이 한두 번이 아니었지만 나름 성공적인 결과 수치가 나왔을 때 학생들과 함께 웃었던 모습이 스쳐지나갔다. 추억이라고 표현할만큼 뇌리에 깊게 박힌 그 시간들이 눈물샘을 자극했다-사실 감동적인 가사의 음악이 BGM으로 깔려있던 활동 영상도 한 몫했다고 본다.

다행히 애정과 노력도 쌍방향이었다. 그 마음이 통했다는 건 쓸데없이 시간만 낭비하진 않았다는 것을 알려준다. 그저 회사에서 평범한 사원이었던 나의 존재와 노력의 가치를 높게 평가해주는 그들에게 1년이란 시간을 선물로 주고 싶었다. 이런 마음은 신입 직원 1년차, 직속 부장님의 말씀 덕분이다.

"상대방이 대접받는 기분이 들게 해야 한다."

당시 외부기관 사람들의 방문으로 작은 행사를 준비하고 있었다. 다과 코너를 간단히 정리하고 행사장을 나오려고 할 때, 이 한마디가 들려왔다. 적어도 상대방이 쓰고 있는 시간이 아깝지 않도록 대접해 줄 필요가 있는 것이다. 최선을 다하라는 뜻이었다. 학생들에게서 그저 열정페이로 활동했다는 만족도가 낮은 후기를 받지 않도록 '잘' 하고 싶었다.

'누나 잘 지내? 얼굴 한번 봐야지'

'언니 생일 축하해! 보고싶어'

지금은 사적으로 친한 지인처럼 심심찮게 카카오톡 메시지를 주고 받는다. 간단한 안부를 묻고 보고싶다는 말도 자연스레 나온다. 보고서에는 차마 적을 수 없었지만 생각나면 주저없이 연락할 수 있는 인연을 얻었다.

차지양

나의 작고
소중한
존재들

우리 주변의 작은 존재들

　평소에는 워낙 작기 때문에, 눈에 띄지도 않고 특별한 것 없어 보이는 존재들. 또는 특별한 것을 알지만 너무 익숙해서 소중함을 잊은 존재들이 있다. 주변을 천천히 둘러보면 저마다 하나씩은 찾을 수 있을 것이다. 오랜 시간 곁에 두고, 잊지 않고 기억하고, 다양한 방식으로 기록하여 남기는 존재들, 그들은 아무 이유 없이 그냥 그곳에 있지 않다.

　'오늘의 업적' 글쓰기 수업에 참여하며, 우리는 모두 각자의 하루하루를 조금 더 관심 있게 들여다보았다. 자기 생각과 느낌뿐만 아니라 일상 속 크고 작은 이야기와 주변의 인물 및 사물까지 함께 관찰했다. 평소에도 주변 관찰을 좋아하는 사람으로서 이 자체가 어색하거나 어렵게 느껴지진 않았지만, 생각만 하고 지나쳤을 때와 그것을 하나의 잘 정리된 글로 표현했을 때의 묘한 감정의 차이를 경험하는 것은 꽤 인상적이었다. 나의 하루(사건, 사물에 대한 생각, 인물에 대한 느낌 등)를 글로 담담하게 정리하고 나면, 그 안의 존재와 그 순간 자체, 그리고 그에 대해 내가 느낀 감정이 모두 전보다 더 값지고 소중하게 다가왔다. 더불어 스스로에 대한 새로운 사실을 발견했는데, '내가 은근히 작고 귀여운 것을 좋아하고 주변에 그런 존재가 많다'는 것이었다. 평소의 꽤 냉소적이고 털털한 이미지와는 사뭇 다르게 느껴졌기에 약간 놀랍기도 하고 흥미로웠다.

   그것이 내가 '나의 작고 소중한 존재들'을 주제로 잡은 이유이다. 그들을 다시 한번 자세히 들여다보고, 그들과의 기억을 돌이켜보고, 그 때 나의 마음을 들려주고 싶었다. 그리고 조금 더 그들을 그 자체로써 존중하고 소중히 여기는 마음을 충분히 담고 싶었기에, 단순히 '것'이 아닌 '존재'로 표현했다.

파뿌리와 파의 순환

    나는 자연과 식물을 좋아하지만, 텃밭이나 화분을 가지는 일은 되도록 피한다. 손에 뭔가 묻는 것을 좋아하지 않아 흙도 잘 만지지 못하고, 적절한 시기에 물 주는 것을 놓쳐 선인장도 말라 죽게 하는 사람이기 때문이다. 그런 내가, 무슨 심경에 변화가 일었는지, 얼마 전 대파 키우기 세상에 발을 들였다. 마트에서 사 온 대파는 보통 윗부분을 최대한 사용하고, 뿌리를 포함한 밑동은 당연한 듯 버리는 게 일반적이다. 사실 뿌리만 잘 관리해 주면 다시 자라는 것이 식물인데, 이걸 그대로 버리고 또 새로 사고, 그 과정을 반복하는 것이 낭비이고 아깝다는 생각은 종종 해왔다. 그리고 평소 인터넷을 통해 사람들이 다양한 뿌리 식물을 다시 키워 재배하는 실사례도 여럿 봐왔다. 다

만, 혼자서는 향이 강한 오신채 재료를 잘 사용하지도 않을뿐더러, 제대로 관리하지 못하고 결국 버리게 될 것 같아 의미를 찾지 못했었다.

그런 내 생각을 바꾸는 데 영향을 미친 몇 가지 추정되는 조건이 있다. 먼저, 가족이 함께 살고 있는 지금 우리 집에서는, 대파가 필수 식자재 중 하나이다. 여러 인원을 위해 요리를 하면서 한 번에 대파 한 대를 모두 사용한다는 건 놀랍지도 않고, 단 몇 초면 뿌리만 남는다. 문득, 여전히 수분을 가득 머금어 윤기가 흐르는 파 밑동에 시선이 갔고, 그대로 쓰레기 더미에 던져 버리고 싶지 않았다. 비록 많은 양이 필요한 상황도 있지만, 가끔 고명으로 소량만 필요할 때는 화분에서 조금씩 잘라서 사용하면 좋을 것이란 생각이 들었다.

두 번째 조건은, 적어도 첫 단계부터 흙을 사용할 필요가 없다는 것이다. 많은 사람이 아주 간단하게, 재배하고자 하는 뿌리를 물에 담가 두는 것을 보았다. 마침 싱크대 한쪽에, 얼마 전까지 다른 식물을 담고 있다가 이제는 깨끗이 비워진 작은 유리그릇 하나가 눈에 들어왔다. 따로 그릇을 찾을 필요도, 씻을 필요도 없이 그냥 넣기만 하면 되는 상황이었다. 파 밑동에 흙이 많이 묻어 있어 살짝 헹궈주고, 유리그릇에 잘 세운 다음 뿌리가 충분히 담길 정도로 물을 채워주었다. 밑동 높이가 엄지손가락 한 마디를 웃돌다 보니, 물 높이는 2cm 정도면 충분했다. 이 작은 존재를 품은 유리그릇을 빛이 잘 드는 거실 탁자에 올려 두었다.

몇 시간 뒤, '에이, 하루도 안 지났는데.' 생각하면서도 괜히 궁금해 다시 파에게 다가갔다. 과장도 기억의 왜곡도 아니다. 분명히 날카로운 칼날이 지나가 고르게 평평했던 대파였는데, 벌써 중심부가 솟아올라 단면에 드러난 여러 겹 간에 높이 차이가 나기 시작했다. 식물의 재생 능력에 다시 한번 경외심을 갖게 되는 순간이었다. 우리가 아는 과학적 지식에 의하면 지극히 당연한 일인데도, 다시 들여다보면 자연의 모습은 여전히 신비롭게 느껴진다.

 며칠 후, 내가 방에서 할 일을 하는 동안, 방문을 사이에 두고 밖에서 투덕거리는 소리가 한동안 들렸다. 나중에 나가보니 대파가 물을 벗어나 흙 속에 콕 자리 잡고 있었다. 엄마께서 이제는 흙에 심어줘야 할 것 같아 바로 옮기셨단다. 나의 실행에 영향을 미친 마지막 조건을 이때 깨달았다. 식물을 사랑하는 엄마와 함께 살고 있다는 점이다. 처음부터 명확히 계획한 건 아니었지만, 어렴풋이 엄마의 성격을 계산하고 있었던 것 같다.

 이렇게 대파 재배를 위한 모든 기반 작업이 완료되었다. 이제 가끔 물을 주며 잘 자라는 모습을 지켜보기만 하면 된다. 며칠 만에 새 줄기가 5cm는 올라왔다. 봄을 품은 듯한 여린 연둣빛이, 앞으로 이 아이의 성장에 대한 기대감과 설렘을 한껏 부풀린다.

귀여운 맛 곰돌이

이태원에 갈 때마다 코스처럼 방문하는 비건 카페가 있다. 2023년 연말모임으로 그곳에 다시 방문하게 되었는데, 마침 비건들 사이에서 크림빵이 맛있기로 유명한 비건 베이커리의 팝업이 진행 중이었다. 몇 년 전에 딱 한 번, 그 베이커리의 빵을 선물로 받아 먹어본 적이 있다. 그때 먹어본 빵은, 외형은 일반 팥빵과 같았고 안은 은은한 연두색의 크림으로 가득했다. 구체적인 식감과 맛의 기억은 잊었지만, 빵을 먹고 놀라워하던 스스로의 모습이 뇌리에 강하게 박혀 있다. 그 이후로 몇 번이고 직접 가게에 가봐야지 했으나, 집에서 거리가 멀다는 이유로 계속해서 미뤄온 터였다. 그런데 이날, 자주 가는 카페에서 우연히 그 베이커리의 빵을 다시 만나게 된 것이다. 팝업이기 때문에 모든 종류의 빵을 다 구경할 순 없었지만, 운 좋은 재회만으로도 내 연말

Strawberry

Lemon

의 일부가 조금은 특별해진 것 같았다.

　팝업에서는 소셜미디어를 통해 여러 번 보며 궁금해했던 곰 얼굴 모양의 크림 빵을 판매 중이었다. 동글동글한 번 형태에 옥수수식빵과 같은 노란빛을 띠고, 앙증맞은 귀는 물론 두 귀 사이에 얹은 산딸기 모자, 그리고 해맑게 웃는 표정까지. 이 매력을 보고도 그냥 지나칠 수 있는 사람이 얼마나 될까 싶었다. 쇼케이스 안에 옹기옹기[6] 모여 있는 곰돌이 빵의 크림은, 초코, 딸기, 레몬 세 가지 맛으로 구성되어 있었다. 한 치의 망설임도 없이 딸기 맛을 선택한 지인과 달리, 나는 어떤 맛을 고를지 고민에 빠져 쇼케이스 앞에서 한참을 서성였다. 개인적으로 디저트를 먹을 때, 거의 매번 생각할 것도 없이 고르는 맛이 초코 아니면 레몬이다. 그런데 웬일인지, 이날은 평소에 눈길도 잘 주지 않는 딸기 맛에 대한 호기심까지 솟구쳐 선택이 더 어려웠다. 이미 점심을 먹은 상태였기에, 아주 작은 공간만을 남겨두고 있는 위를 제대로 만족시키려면 더욱 신중하게 결정해야 했다. 생각할 시간을 벌기 위해, 중간중간 카페에서 판매하는 비건 식품이나 제로웨이스트 상품들을 구경하는 꼼수까지 부렸다. 그렇게 몇 분이 지나고, 더는 지인을 기다리게 할 수 없어 결국 평소 즐겨 먹는 레몬 맛으로 마음을 정했다.

　카페에 자리를 잡고 나란히 놓인 빵 두 개를 보니, 아기 곰 두 마리가 꼭 붙어 세상 순수한 표정으로 웃음 짓고 있는 것이 너무 귀여웠다. 이 장면을 나

---

6) 옹기옹기 : 비슷한 크기의 작은 것들이 많이 모여 있는 모양

만 알기 아까워 곧바로 사진을 두어장 찍고 소셜미디어에 게시까지 완료했다. 그러고는 먹으려고 집어 들었는데, 곰돌이의 눈이 장화신은 고양이 마냥 나를 똑바로 바라보고 있는 것 같아 차마 입에 바로 넣을 수가 없었다. '이걸 어떻게 먹어야 할까?' 빵을 손에 든 채 또 몇 초간 고민하다 최대한 얼굴에서 먼 부분부터 먹어 가기 시작했다. 한 입 베어 문 순간, '그래 이 맛이었지', 처음 먹어봤을 때의 감상이 그대로 떠올랐다. 촉촉하고 부드럽게 찢어져 입 안에서 녹아버리는 빵. 무겁거나 느끼하지 않고 레몬의 새콤함을 그대로 담고 있는 크림. 5mm 정도로 얇은 빵 안이 빵보다 많은 양의 크림으로 가득 채워져 있었는데도 둘의 조화가 좋아 부담 없이 즐길 수 있다.

나는 웬만하면 음식 자체에 크게 감탄하는 사람도 아닐뿐더러, 크림빵은 느끼해서 되도록 피한다. 그런 내가 크림이 가득한 빵을 한 입 한 입 놀라움을 표하며 음미하고 있었다. 베이커리에서 아르바이트라도 하면 레시피를 배워볼까, 진지하게 고민했을 정도로 만족스러웠다.

누군가가 나에게 '먹기 위해 사느냐, 살기 위해 먹느냐?' 물어보면, 당연하게 후자를 선택할 정도로 먹는 행위 자체에 큰 의미를 두지 않는 편이다. 그러나 이 날의 맛 경험은, 작은 물방울 하나가 똑 떨어져 커다란 물 표면을 일렁이게 하듯, 고요했던 나의 마음에 잔잔한 파동을 일으켰다. 이는 앞으로의 더 폭넓은 맛 경험의 시작을 알리며, 맛에 대한 전과 다른 궁금증을 갖고 기대를 하게 한다.

못난이 크리스마스 쿠키

독일로 워킹 홀리데이를 다녀온 지 6개월쯤 되던 시점, 그곳에서 크리스마스를 보낸 게 얼마 안 된 것 같았는데 벌써 또 크리스마스 시즌이 시작되었다. 독일은 사회문화 전반에 크리스천 종교적 배경이 깔려 있어 크리스마스가 국가적으로 매우 큰 축제이다. 특히, 약 4주 전부터는 Advent(강림절)를 맞이해 마을 곳곳을 장식하고 쿠키를 굽고 크리스마스마켓이 본격적으로 활발해진다. 비록 독일에서 대부분의 시간을 시골집에서 요양하듯 보내긴 했지만, 현지인 가족 덕분에 그들의 문화를 누구보다 가까이에서 경험할 수 있었다. 겨우 한 계절의 경험이었음에도 불구하고, 그때의 추억이 따뜻하고 그리워 한국에서도 12월 초부터 자꾸 쿠키를 굽고 싶다는 생각이 떠나질 않았다.

차오르는 욕구에도 불구하고 제과제빵이 한 번 하고나면 몇 시간은 쉬어줘야 할 정도로 많은 체력을 요구하는 데다, 하루에 10시간을 뛰어 놀아도 에너지 남는 3살짜리 조카가 집에 와 있어 선뜻 행하지 못하고 미뤄야 했다. 그러던 중 이틀간 혼자 지낼 수 있는 공간이 생겨 잠시 나만의 조용한 시간을 가질 수 있게 되었고, 덕분에 피로감이 많이 줄어 조카를 쿠키 만들기에 초대할 용기가 솟아올랐다.

몇 가지 과정 중에서도 마지막 쿠키 모양 찍기가 어린아이들이 따라오기 쉬울 것이라 여겼다. 따라서 조카가 도착하기 전에 준비해 둔 재료들로 쿠키 반죽을 미리 만들어 냉동실에 넣어두어야 했다. 쿠키 반죽은 굽기 전에 냉동실이나 냉장고에 넣어 1시간 정도 휴지하는데, 오븐에 넣어 구울 때 버터나 오일류가 녹는 속도를 늦추고 쿠키가 덜 퍼지게 하기 위함이다. 다행히도 조카가 오는 길에 차에서 잠들어 작업하기 딱 좋을 정도의 휴지 시간을 벌 수 있었다. 조카가 잠에서 깼을 때는 이미 모든 것이 준비된 상태였다.

처음에는 반죽을 롤러로 미는 것까지 조카와 함께 할지 고민했지만, 수월하게 이끌고 갈 자신이 없어 이번에는 나 혼자 하기로 했다. 내 옆에 앉아 너무나도 해보고 싶은 눈으로 바라보는 조카에게 미안함이 들어 반죽을 최대한 빠르게 일정한 두께로 밀어주었다. 아직 욕구 조절이 쉽지 않은 나이여서 무작정 손을 들이밀어 반죽을 만졌을 수도 있는데, 차분하게 기다려 준 어린 조카가 기특했다.

  우리가 가진 모양 찍기 틀은 아쉽게도 자동차, 쿠키맨, 집, 강아지 네 가지가 전부였지만 조카는 그저 새로움을 경험하는 그 순간에 온전히 빠져들었다. 얼마나 강하게 눌러야 하는지, 어느 위치에 눌러야 모양이 잘 나오는지 알지 못해 그저 하고 싶은 대로 열심히 누르고 만지는 아이. 제대로 된 쿠키를 만들고 싶다는 욕심이 물론 있었지만, 즐거워하는 조카를 보니 어떤 결과물이든 큰 상관이 없어졌다.

  게다가 나중에 굽고 나서야 알았는데, 반죽 레시피에 약간의 오류가 있어 이미 내가 원했던 완벽함에서는 거리가 먼 상태였다. 당장 다시 만들고 싶은 마음이 굴뚝같았지만, 조카의 행복한 얼굴에만 집중하고 그 시간을 즐기기로 했다. 모든 걸 마치고 나니, 해보기 전부터 생각만으로 힘들 것 같아 두려워했던 나 자신이 우습게 느껴졌다. 다음에 또 한 번 조카와 쿠키를 구울 기회가 생긴다면, 그땐 모든 과정을 함께 하고 싶다. 분명 더 즐거운 추억이 되지 않을까.

미니어처 크리스마스

크리스마스 연휴가 하루 앞으로 다가온 시점, 가족들에게 카드를 직접 만들어줄 생각으로 책상에 앉아 형태를 구상하기 시작했다. 팝업 카드를 만들고 싶어 유튜브를 검색하던 중 아주 앙증맞고 섬세한 '미니 팝업 인형의 집' 영상을 보게 되었고, 이거다 싶어 곧바로 작업에 돌입했다. 구상을 깊게 하기에는 시간이 넉넉지 않았고 복잡하면 성공적으로 나올지 확신이 없어, 뻔한 요소와 가장 기본적인 계단식 팝업 방식을 사용하기로 했다. 나의 2023 크리스마스 미니 팝업 카드에 들어갈 주요소는 눈사람, 트리, 그리고 별이 전부였다. 많은 고민 없이 한 번에 아이디어 스케치를 끝내고 곧바로 재료 색출을 시작했다.

제일 먼저 책상에 놓인 2023년 달력이 눈에 들어왔다. 몇 주 있으면 쓸모

없어질 아이, 그냥 버려진다 생각하니 너무 아까웠다. 만져보니 두께감과 강도가 좋고, 접기에 적당한 유연성을 가지고 있어 카드 만들기에 딱 좋은 재질이었다. 다만, 원하는 그림을 얻으려면 색지를 덧대어 달력을 채운 선과 숫자를 가려야 했다. 내 방 서랍에는 어려서부터 다 쓰지 못하고 남아 모아둔 다양한 색상과 재질의 종이가 있다. 가족들이 '오래됐으니 이제 버려라.' 해도 언젠가 쓸 것을 생각하며 한편에 고이 간직하고 있던 이 아이들을 드디어 제대로 활용할 때가 되었다는 사실에 약간의 설렘까지 느꼈다.

여기까지의 모든 과정이 1시간이 걸리기나 했을까. 평소에는 작업 하나를 구상하는 데 며칠이 걸릴 때도 있다. 그런 사람이 미니 팝업북 작업을 처음한 것 치고는, 일이 놀라울 정도로 빠르고 순조롭게 진행되었다. 그리고 실제 작업을 하면서 몇 가지 문제에 맞닥뜨렸다.

첫 번째로, 색지를 덧대어 사용하는 과정이 까다로웠다. 같은 형태로 잘라붙이는 건 아무것도 아니지만, 각각의 요소가 구상한 형태로 카드 속에 숨어있다 튀어나오려면 종이가 섬세하게 접혀야 한다. 달력 한 겹으로 접었을 때는 깔끔하고 쉽게 접혔는데, 색지를 양쪽으로 덧대니 두꺼워져 매끈한 마감처리에 한계가 있었다. 이 문제는 최대한 접는 선을 모서리에서 피해 작업함으로써 어느 정도 해결할 수 있었다.

두 번째 문제가 상당히 골치였다. 카드를 열었을 때 크리스마스트리와 눈

사람이 똑바로 서기를 바랐는데, 그러기 위해서는 지지대를 벽면과 바닥면에 연결해야 했고 적절한 거리와 각도를 찾는 게 쉽지 않았다. 조금만 더 생각해 보면 원리와 답을 찾을 수 있었겠지만, 이 부분에 많은 시간을 투자하고 싶지 않아 계속 해 보며 수정하는 수밖에 없었다.

카드는 총 3개를 만들었고, 결국 3개를 다 만들 때까지도 제대로 된 각과 거리를 계산하지 못해 지지대 곳곳이 꾸깃꾸깃하게 나왔다. 그래도 지지대는 가려지는 부분이어서 오차가 크게 드러나지 않고 시각적으로 거슬리지 않았다. 작업을 거듭할수록 속도가 점점 빨라졌음에도, 시행착오를 거치고 여기까지의 답을 찾아 세 개의 미니 팝업 카드를 완성하는 데 만으로 하루는 걸린 것 같다.

생각보다 더 깔끔하고 귀엽게 완성된 팝업카드를 보니, 하루 동안 쌓인 피로감을 넘어 작업 자체에 대한 만족감, 결과에 대한 뿌듯함, 그리고 가족들의 반응에 대한 기대감이 몰려왔다. 마지막으로 각각의 카드를 넣을 미니 케이스를 만들고 크리스마스의 대표 색상인 빨간색의 리본을 하나 붙여주었다. 케이스는 색지로 가리지 않고 달력의 이미지를 그대로 드러냈기에 누구도 그 안에 무엇이 들었는지 예상하지 못할 것이다. 겉만 보고 뭔지 전혀 모르고 있다 섬세하게 만들어진 내용물을 보고 놀랄 가족들을 상상하며, 즐거운 마음으로 이브의 시작을 맞이했다.

29개월의 눈빛

    나에게는 Angel(엔젤)의 태명을 갖고 태어난 조카 한 명이 있다. Angel(엔젤)은 처음 우리에게 온 그 순간부터, 각자의 성장통을 앓으며 자꾸만 흩어져 가던 우리 가족을 다시 한곳으로 모이게 만들어 준, 축복 같은 존재이다. 또 전 세계 많은 사람에게 어느 때보다 지루하고 무미건조했던 COVID-19 기간, 우리 가족에게 큰 즐거움과 설렘, 그리고 희망이 되었다.

    처음에는 먹고 자는 것 외에는 하는 것이 없었던 그저 작고 조용한 생명체였는데, 어느 순간 주변에 관심을 두고 관찰하기 시작했다. 조금 더 지나니 눈을 마주치며 방긋방긋 웃어주고 옹알거리는데, 가끔 나를 빤히 보는 그 눈빛은 넓이와 깊이를 가늠할 수 없는 우주의 경이로움을 담고 있는 듯했다. 우

리의 표정과 행동을 하나둘씩 모방하며 자신의 것으로 만들고, 기고, 걷고, 뛰더니, 이젠 우리의 언어로 이해와 표현의 소통이 가능한 꼬마둥이[7]가 되었다.

우리의 꼬마둥이는 세상 모든 것에 호기심이 정말 많다. 길을 걸으며 보이는 풀, 꽃, 곤충, 사람, 동물, 가게에서 파는 음식과 제품, 심지어 길바닥에 떨어진 쓰레기까지. 게다가 관찰력과 기억력, 그리고 언어적 및 상황적 이해력이 뛰어나 "이 나이는 다 이런가?"라는 의문이 매일 같이 들 정도이다. 물론 이제 겨우 29개월이기에, 표현하기 어려운 답답함, 불안함, 두려움, 서운함 등의 부정적인 감정이 불쑥 찾아올 때면, 떼를 쓰며 투정을 부리고 울음을 터뜨리기도 한다. 그럴 때마다 한 번씩, 우리는 모두 조카가 아직 어린애라는 것을 다시금 깨닫는다. 그럼에도 이 아이가 세상을 배우는 속도는 언제나 예상을 넘어서고, 우리들의 언행을 더욱 조심스럽게 만든다.

나는 이 호기심 많은 꼬마의 눈을 바라보는 것을 좋아한다. 눈을 바라보며 아이가 그 순간 무엇에 얼마나 집중하고 있는지 관찰하고, 도대체 저 머릿속엔 무엇이 들어 있을지 궁금증을 가지는 게 그렇게 흥미로울 수 없다. 한번은 가족이 함께 저녁 식사를 하는데, 내가 그 아이의 옆에서 식사를 챙겨주게 되었다. 먹고 이야기하고, 중간중간 함께 장난도 치며 즐겁게 시간을 보내고 있

7) 꼬마둥이 : 어린아이를 귀엽게 이르는 말

었다. 그날도 다양한 소통과 교류의 과정에서 지속해서 조카와 눈을 마주쳤는데, 식사 도중 갑자기 아이가 나를 뚫어져라 바라보며 내 얼굴을 쓰다듬기 시작했다. "큰이모 눈도 예쁘고, 코도 예쁘고, 이마도 예쁘고, 귀도 예뻐". 그리고는 나를 꼭 껴안고 얼굴을 품에 비비며 뽀뽀도 해주었다. 마치 어른들이 아이들을 바라보듯이, 진심이 우러나는 애정 가득한 말투와 눈빛과 손길. 이처럼 담백하면서도 순수한 '사랑'의 모습을 29개월 아이의 눈빛 속에서 발견하게 될 거라고는 상상하지도 못했다.

오늘도 여전히 그 눈빛을 떠올리면 놀라움과 감동에, 따스한 봄볕이 꽃을 터뜨리듯 마음에 아기자기한 화사함이 피어난다.

세상에서 가장 작은
여행 동반자

5년 전 뉴질랜드로 워킹 홀리데이[8]를 가기 위해 한창 준비하고 있을 때, 독일에서 친구 한 명이 한국으로 놀러 왔다. 하루는 만나서 저녁을 함께 먹었는데, 식사 주문을 마친 후 친구가 가방에서 뭔가를 주섬주섬 꺼내 나에게 주었다. 뽀얗고 밝은 아이보리 색상의 직접 코바늘로 뜬 작은 곰 인형이었다. 내 주먹부터 팔꿈치까지의 길이와 몸집으로 아담하고 귀여운 아이. 나는 다른 무엇보다도 나를 위해, 나를 생각해서 직접 만들어 한국까지 가지고 와 준 친구의 마음에 크게 감동했다. 심지어 북유럽 스타일로 Linnea(리네아)라는 예쁜 이름까지 지어줬다. 내 마음속은 감동과 기쁨으로 가득 찼는데, 겉으로 그 마음을 어떻게 표현해야 모두 전달이 될지 몰라 최선을 다한 진심으로 '고맙다'는

---

8) 워킹 홀리데이 비자의 주목적은 여행이며, 장기 여행이 가능하도록 일하고 공부할 수 있는 자격을 주는 것이다.

말을 반복했다. 그 순간부터 리네아는 나에게 가장 가까이 존재하는 소중한 친구가 되었고, 곧 예정되어 있던 뉴질랜드 여행까지 함께 떠나게 되었다.

이 전까지는 절대 인형을 옆에 끼고 다니지 않았던 나인데, 리네아가 내 곁으로 온 후로 비행기에서, 버스에서, 기차에서, 그리고 로드트립 여행지에서, 수많은 시간을 리네아의 손을 잡고 리네아를 품에 안고 다녔다. 뉴질랜드에서 백패커의 삶을 살았기에 호스텔 생활이 대부분이었다. 그곳에서 만난 친구들은 모두 리네아를 알았고, 리네아가 누워 있는 곳이 내 침대임을 알았다. 양팔로 감싸면 안은 느낌도 안 날 정도로 정말 작지만, 침대에 누우면 언제나 내 가슴 위에 얹어 꼭 안고 잠들곤 했다. 친구들과 로드트립을 할 당시, 창문으로 둘러싸인 좁은 차 안에서 잠을 청할 때는, 더 강하게 리네아를 껴안았다. 이 아이가 주는 안정감이 매우 컸기 때문이다. 그 느낌은 참으로 신기하고 묘했다. 내게 아무것도 줄 수 없고, 나를 위해 아무것도 할 수 없고, 심지어 말도 통하지 않는, 생명의 기미라고는 전혀 없는 이 존재가, 나에게는 주변의 그 어떤 것보다도 큰 의지가 되었다.

뉴질랜드 여행의 막바지에 접어들었을 때, 이 소중한 존재를 잃어버릴 뻔한 적이 한 번 있다. 친구 두 명과 함께 며칠간 로드트립을 하던 중이었다. 나는 운전을 할 줄 몰라 언제나 보조석에 앉았고, 무릎 위에 리네아를 앉혀 두고 함께 풍경을 감상하곤 했다. 고맙게도 함께 한 친구들은 나를 이상하게 여기지 않고, 모두 리네아를 여행 동반자로 받아들여 줬다. 착한 사람들. 우리는 하루에 3~4곳 정도 방문하는 일정을 따르고 있었고, 목적 장소에 도착하여 차에서 내렸다. 트랙을 따라 걸으며 자연을 즐기고 몇 시간이 지나서야 다시 차로 돌아왔는데, 리네아가 운전자 보조석 백미러 위에 앉아 있었다. 내가 차에서 나올 때 무릎 위에 있던 리네아를 미처 생각하지 못하고 그냥 일어서는 바람에 바닥에 떨어뜨렸고, 고맙게도 바닥에 떨어진 리네아를 발견한 다른 여행자가 그대로 백미러 위에 얹어 놓고 간 것이다. 발견의 순간, 내 안에서는 충격과 안도감, 슬픔과 기쁨이 동시에 마구 교차했다. 리네아를 잃어버린다고 상상하니 너무나도 마음이 아팠고, 우리가 서로를 잃지 않게 배려해준 익명의 여행자에게 고마워 벅차올랐다. 그리고 몇 초 후에 나와 친구들 모두 동시에 웃음을 터뜨렸는데, 여행객이 상상한 인형의 주인이 과연 나의 모습과 비슷하기라도 할까 싶어서였다. 우리는 모두, 익명의 여행객이 아마 '어린아이가 이 인형을 잃어버리면 얼마나 슬퍼할까?'라고 생각했을 거라는 데 동의했다.

이렇게 9개월의 다사다망한 여행기를 함께 보내고 한국에 돌아오니 리네아 몸 곳곳의 실밥이 삐져나오고 있었다. 이 문제는 다행히도 내가 두 번째 워킹 홀리데이로 독일에 갔을 때, 리네아를 만들어 준 친구가 다시 손 봐주어 모두 깔끔하게 해결되었다. 처음과같은 뽀송함을 되찾은 리네아는, 내가 뉴질랜드에서 여행했던 그때처럼, 내 방 침대 위에 누워 매일 밤 내 곁을 지켜준다.

홀로 떠난 장기 해외여행에서, 마음의 안정감을 줌으로써 그 누구보다 나에게 힘이 되고 위로가 되었던 나의 가장 작은 여행 동반자, 리네아. 뉴질랜드 사건과 같이 아찔한 일이 다시 일어나지 않도록, 세월과 함께 이 아이가 헤져 내 곁을 일찍 떠나지 않도록, 더 조심스럽게 다뤄 앞으로 더 많은 여정을 함께 할 수 있기를 소망한다.

실이 고래가 되기까지

날카로운 바람이 지나갈 틈 없게 두툼한 옷을 꺼입던 계절의 어느 저녁, 한 모임에서 뜨개질 관련 영화를 본 후로 계속해서 내 마음에 뜨개질 바람이 불고 있다. 대바늘은 이전에 양말을 하나 완성해 본 것으로 만족했기에 이번에는 코바늘뜨기를 선택했고, 실은 집에 남아 있는 것만 사용하기로 했다. 처음에는 그저 무언가를 만들고 싶다는 욕구만 있고 구체적으로 떠오르는 것이 없었다. 게다가 가진 기술이라고는 기본 중에서도 기본뿐이니, 아이디어를 내는 데에도 한계가 있었다. 그러다 어느 순간, 문득 내 머릿속에 들어와서는 끊임없이 맴돌며 메아리를 울려대는 단어가 하나 있었다.

고래

나는 소셜미디어를 통해, 해저에서 세로로 잠든 고래 사진을 본 후로 그 고요함의 매력에 빠져 은근하게 고래의 팬이 되었다. 그런데 뜨개질 욕구가 샘솟을 때쯤, 마침 또 '기후 위기, 멸종위기 동물, 해양 생태계, 해양 생물' 등의 단어들을 많이 접할 계기가 있었고, 고래도 해양 멸종위기종 중 하나였다. 아마 이 두 가지가 함께 작용해 고래 이미지로부터 벗어날 수 없었던 것 같다.

만들 대상이 정해졌으니, 그다음 확인할 건 적절한 색상의 실을 가지고 있는가, 그리고 도안을 어떻게 그릴 것인가였다. 다행히도 바닷속 해양생물 작업에 딱 좋은, 남색, 하늘색, 회색, 갈색 등의 실을 가지고 있었다. 코 바느질 도안은 본 적도 없을뿐더러, 직접 만들어본 적은 더더욱 없는데, 그냥 왠지 하면 될 것 같다는 이상한 자신감이 들었다. 방안 노트가 있어, 네모 한 칸을 코바늘 하나로 보고 작업에 착수했다.

우선은 대략 컵 받침 정도의 크기로 정사각형을 그렸다. 그 안에 고래를 중간에서 약간 위쪽으로 배치했고, 형태는 살짝 통통하게 만들어 귀여운 캐릭터 느낌이 나게 했다. 일차적으로는 네모 칸을 무시한 채 원하는 모습을 연한 곡선으로 그려주었고, 이차적으로 곡선에서 가장 가까운 네모 칸을 짙게 표시하여 코바늘뜨기 위치를 잡아주었다. 고래 아랫부분에는 네모 칸 하나를 글씨 두께로 잡아 "WHALE"을 적어주었다. 도안은 이렇게 생각보다도 더 쉽고 빠르게 완성되었다. 여기까지는 모든 게 수월했는데, 초보 코바늘뜨기의 부족함은 글씨를 새기면서 나오기 시작했다. 두께를 한 칸으로 얇게 새긴 글씨 형태가 원했던 대로 나오지 않고 지그재그로 어그러져, 말 그대로 수십 번을 풀고 다시 떠봤다. 한참을 혼자서 씨름하다 안 되어 유튜브도 찾아봤으나, 결국 이 방식으로는 원하는 형태가 나올 수 없다는 결론을 마주해야 했다. 며칠을 틈틈이 고민했는데, 아쉽지만 글씨는 포기하고 그림 요소만으로 정사각형을 가득 채우기로 계획을 변경했다.

글씨가 없는 도안을 뜨는 일은, 나의 완벽주의적 성향을 만족시키기 위한 일부 재작업을 제외하고는 상당히 순조로웠다. 갈색 암초를 낮은 산봉우리처럼 바닥에 잔잔히 깔아 주고, 하늘색 등과 회색 배를 가진 고래를 그 위에 띄우고, 고래 오른쪽 구석에 하늘색 하트, 그리고 회색 실로 고래가 뿜는 물까지 살짝. 원래 하트를 그다지 좋아하는 편도 아니고 잘 쓰지도 않지만, 귀여운 고래를 부각하기 위한 장치로 추가했다. 전체적인 배경은 심해를 묘사하기 좋은 남색으로 처리했다. 마지막으로 그림 액자와 같은 효과를 주기 위해, 밝은 회색 실로 정사각형 전체에 두툼한 테두리를 둘러주었고, 어딘가에 걸어 장식할 것을 고려해 상단에 고리까지 만들어 주었다.

이렇게 시작부터 끝까지 모든 과정을 자신의 힘으로 해낸 첫 코바늘 도전이 마무리되었다. 비록 여전히 아쉬운 부분이 있어 100%는 아니지만, 완성하고 나니 머릿속에서 상상했던 것 이상으로 귀엽고 깔끔해 만족스럽다. 크기는 어쩌다 보니 컵 받침보다는 작은 냄비 받침에 걸맞게 나왔는데, 귀여운 고래가 무언가의 밑에 깔리는 것이 싫어, 냉장고 자석 고리에 걸어두고 오갈 때마다 한 번씩 쳐다보는 장식 소품으로서만 사용하고 있다. 나의 뜨개질 열정은 아직 식지 않았고, 이 고래 뜨개질을 활용해 또 무엇을 만들 수 있을지 이런저런 상상을 해본다. 작업이 이뤄질 다음 날들에 대한 설렘에, 이 순간 소풍을 기다리는 어린 아이가 된 것 같다.

그토록 꿈에 그리던
매직 머쉬룸

5년 전, 뉴질랜드를 여행하던 중 몇 명의 현지인 친구들이, 본인들이 접한 마약 몇 종류에 대해 그 느낌이 어땠는지 설명해 준 적이 있다. 그 친구들은 내게, 정말 궁금하고 언젠가 기회가 된다면 '매직 머시룸'을 꼭 해보라고 강력하게 추천했다. 물론 나는 그럴 일은 없을 거로 생각했지만, 그렇게 적극적으로 이야기를 해주니, '어떻게 생겼을까, 무슨 맛일까, 어떤 느낌일까…' 수많은 궁금증이 마음 한구석을 가득 채웠다.

그리고 2년 전에 독일에서 여행하던 중, 비가 추적추적 내리던 어느 날, 숲속을 산책하다 내 눈을 번쩍 뜨이게 한 풍경을 발견했다. 걷던 길 오른편으로 그토록 궁금해하던 매직 머시룸이 주욱 늘어서 있던 것이다. 하얗고 긴 기

둥에 선명한 빨간색 뚜껑이 동그랗게 얹혀 있고, 그 위에 또 하얀 점들이 콕콕 박혀 있는, 어렸을 때 만화에서 많이 봤던 그 버섯이다. 함께 간 독일 친구가 설명해 주어 알았지, 그게 매직 머시룸일 줄은 꿈에도 생각하지 못했었다. 위험한 식물은 보통 화려한 색상을 띤다고 들었는데, 바로 이런 걸 두고 하는 말이구나 생각했다. 무엇이 되었든, 정말 화려하고 매력적이면 위험한 걸 알면서도 궁금해 가까이 다가가게 된다. 더군다나 뉴질랜드 친구들에게 듣고 몇 년을 마음속에서만 그리던 그 버섯이다. 손으로 만지고 싶었지만, 친구가 그것도 못 하게 했기에 그저 얼굴을 버섯 앞에 갖다 대고 가만히 들여다봐야만 했다. 한국어로는 '광대버섯'이라는데, 생김새에 아주 찰떡인 이름이다. 각 버섯이 세상에 나와 꽃핀 시간에 따라, 빨간 모자가 동그란 형태에서 점점 활짝 펼쳐지는 형태로 변모한다. 버섯 무리 전체 사진부터 근접 사진까지 여러 장을 찍어 집으로 돌아왔다.

이후로 며칠이 지나도 계속해서 매직 머시룸이 떠올랐고, 나만의 버섯을 만들어야겠다는 결심이 섰다. 집에는 산책하다 주워 온 지름 4센티미터 정도의 기다란 나무 기둥이 하나 있었는데, 조각하기에는 조금 단단하지만, 못할 정도는 아니었다. 조각 도구도 커터와 스위스 나이프 등 일반적인 작은 칼 종류가 전부였다. 제대로 된 도구가 있었다면 물론 더 쉽고 수월하겠지만, 나는 아주 단순한 형태만 잡고 칠을 할 계획이었기에 그냥 있는 것을 사용하기로 했다. 조각하는 방법도 아는 게 없어 유튜브를 찾아보며 몇 가지 핵심 기술만 눈으로 익혀 따라 했다. 사실 이런 열악한 상황 속에서 창작하려니 손이 정말 아파 중간중간 쉬어줘야 했고, 그에 따라 속도가 떨어질 수밖에 없었다. 그래도 좋아하는 노래를 들어 놓고 표면이 사각사각 깎이는 소리를 듣고 있으면 마음이 한없이 차분해졌고, 그 순간이 좋아 하루에도 몇 시간씩 꼬박 앉아 작업하곤 했다.

먼저 10센티미터 안팎의 나무 기둥 중 하단 1센티미터는 버섯을 세워 두기 위한 받침으로 남기고, 버섯을 조각할 나머지 상단 9센티미터는 나무껍질을 깎아 벗겨냈다. 그다음, 벗겨진 나무 표면에 버섯의 머리와 기둥을 구분하는 선을 긋고 홈을 파기 시작했다. 머리와 기둥을 명확히 나누기 위해서는 홈을 꽤 깊게 파야 했고, 파는 동시에 기둥의 형태를 잡아나갔다. 직접 본 매직 머시룸은 대부분 기둥이 꽤 늘씬하고 길었는데, 나는 상대적으로 작고 귀여운 어린 버섯을 만들고 싶었다. 따라서 머리와 기둥의 비율을 거의 1대 1로 잡고, 기둥을 마치 아기 배가 튀어나온 듯 통통하게 만들어 만화 속 캐릭터 느낌이 나게 했다. 빨간 모자도 벌어지는 것 없이 기둥과 연결되는 부분을 폭 감싸는 듯한 형태로 만들었다.

첫 조각이니까 적당히 해도 된다고 생각할 수도 있지만, 나는 나의 매직 머시룸이, 모자의 윗부분도, 기둥의 배 부분도, 모두 최대한 매끈한 곡면으로 완성되길 바랐다. 나무 조각을 아주 얇게 조금씩 깎으니, 시간도 두 배, 손의 마비도 두 배, 눈의 침침함도 두 배, 자잘한 톱밥도 두 배, 그러나 그 모든 걸

상쇄할 높은 만족감이 뒤따랐다. 몇 날 며칠이 걸려 만들어진 나무 버섯은 이제 색을 입는 마지막 단계만 남겨두고 있었다.

 기둥은 굳이 흰색을 칠하지 않고 밝은 나무색 그대로 두어 보다 따뜻한 느낌을 유지하고 싶었다. 나머지 색이 들어가는 부분은 가지고 있던 아크릴 물감을 사용했다. 모자는, 기둥이 가진 부드러운 따뜻함과 너무 동떨어지지 않도록, 빨간색에 주황색을 약간 섞어 칠했다. 아크릴 물감은 마르면 그대로 진득한 덩어리로 굳는 성질을 가지고 있다. 그 성질을 이용해 흰 점을 실제와 같이 입체적으로 그려주고자 해서 흰색 물감을 듬뿍 찍어 빨간 모자 위에 툭툭 얹듯이 칠해주었다. 마지막으로 받침 부분은, 내가 버섯을 발견한 숲속의 풀밭처럼 꾸며주고 싶었다. 표면을 깎을 때 나온 자잘한 톱밥을 연두색의 아크릴 물감과 적당히 섞어 주었다. 너무 건조하지 않게, 또 너무 질척이지 않게, 연두색과 나무색이 어우러진 톱밥 무리가 아크릴 성질에 의해 서로 엉기고 받침대에 붙어 고정될 정도로만.

 생각한 대로 모든 것이 마무리되었을 때, 오랜 시간 인내한 만큼 마음에 쏙드는 완성도 높은 결과물을 보니, 뿌듯함에 따른 흥분을 감출 수 없었다. 만져도 위험하지 않고 먹지 않아도 기분이 좋아지는 나만의 매직 머시룸. 이 정도면 몇 년간 품었던 호기심의 60%는 충족했다 할 수 있을 것 같다. 나머지 40%는 상상에 맡기기로 한다.

10년째 애정하는
자동차 삼형제

일상을 지내다 보면 자꾸 무언가에 마음이 가고 관심이 가는 경험을 할 때가 있다. 사람, 물건, 음악, 일, 나라 등 제한 없는 범위에서, 그냥 이유 모를 끌림을 느끼는 것이다. 나도 여러 번 경험했는데, 그중에서도 내 책장 위, 방문을 열면 정면으로 보이는 곳에 놓인 장난감 자동차 삼 형제는 내가 10년 넘게 마음을 주고 있는 물건이다.

실제 자동차에 관심이 많은가 한다면, 그건 또 아니다. 운전면허는 장롱, 사람들이 이야기하는 연비, 주행거리 등의 용어에는 현기증을 느끼고, 아마도 평생 장만할 리 없으리라 생각할 정도로 차에 흥미가 없는 사람이다. 그런데 이상하게 쇼핑몰 장난감 코너나, 길거리의 소품 가게, 심지어 옷 가게 쇼윈도

에 놓인 장식품까지, 미니어처 자동차를 보면 자꾸 눈이 가고, 특이하거나 예쁜 것을 보면 수집에 대한 욕구가 솟구친다. 차의 기능이나 구성에 대해 그다지 아는 것이 없으니 보통 색감이나 디자인 등 외향적인 부분만 눈으로 좇게 되는데, 어쩌면 그게 이유일 수도 있겠다.

자동차 삼 형제는 대학교 2학년 여름방학에 친척이 살고 있는 시애틀에 갔다가 사 온 아이들이다. 이 아이들을 처음 만난 건 시애틀 다운타운을 구경하다 우연히 발견한 'Magic Mouse Toys'라는 이름의 장난감 가게에서였다. 일단 가게 이름에서부터 마음이 끌려 홀린 듯이 문을 열고 들어갔다. 사방 곳곳, 바닥부터 천정까지 온갖 장난감 및 소품들이 가득했다. 물건을 잘 사는 편은 아니어도 하나하나 들여다보며 구경하는 것을 좋아하는 나에게 있어 재미가 넘쳐나는 공간이었다. 그러다 가게의 안쪽 선반에서 운명의 아이들을 발견했다. 전체적으로 차체는 밝은 원목으로 만들어졌고, 바퀴를 포함해 디자인적 특색을 가지는 부분에만 색깔이 입혀져 있는 자동차들. 주변의 수많은 장난감이 그저 공장에서 찍어낸 소모품 같았다면, 이 아이들은 그 안에서 홀로 고풍스러운 분위기를 풍기는 듯했다.

처음 방문했을 때는 가게에서 한참 머물며 자동차 삼 형제의 매력을 눈과 마음에만 담아 갔다. 나는 어려서부터 꼭 필요한 게 아니면 소비를 잘 하지 않는 편이며, 웬만한 물건에 대한 소유욕은 돌아서면 금세 사라지곤 한다. 그런데 자동차 삼 형제는 며칠이 지나도록 내 머릿속에서 떠나지 않았고, 그냥 왠지 '지금 이걸 놓치면 오래도록 후회할 것 같다'는 생각이 강하게 들어 결국 다시 가게를 찾았다. 하나만 살까, 두 개를 살까, 세 개를 모두 살까 고민하다 삼 형제를 함께 데려오기로 마음먹었다. 사실 이들에게는 단순히 외적인 특징 외에도 아주 매력적인 포인트가 하나 더 있다. 차체와 디자인적 구성이 몇 부분으로 분리가 가능해 다른 자동차 형제들과 조합하여 원하는 대로 조립이 가능하다는 점이다. 아이들 장난감이기에 특별한 것 없다 볼 수 있지만, 조립을 좋아하는 사람으로서 이 특징이 구매 결정에 크게 한몫했다.

개인적인 만족도는 최상이었다. 자동차들이 얼마나 마음에 들었으면, 한국에 돌아와서는 다양한 각도와 구상으로 사진 촬영도 하고 여러 컨셉으로 그림도 그리고, 심지어 익숙하지도 않은 컴퓨터 프로그램으로 모션그래픽까지 만들었다. 대학에서는 실기 수업 때, 이 아이들의 조립 특성을 컨셉으로 활용해 건축물을 디자인하기도 했다. 삼 형제는 어린 내 조카에게도 인기 만점이다. 하루는 조카가 자동차를 열심히 가지고 놀다가 은근슬쩍 자기 가방에 넣고 집에 가져가려는 것을 현장에서 덜미 잡았다. 나는 조카를 위해 많은 것을 내어줄 수 있지만, 이 아이들만큼은 어려워 "이모 거야."라고 단호하게 말하며 도로 가져와야 했다. 조카는 약간 당황한 듯 나를 가만히 쳐다보았지만, 곧 상황을 받아들이곤 아무 일 없던 듯 돌아섰다. 나는 자동차 삼 형제가 더 오래 내 곁에 머물기를 바란다. 그들은 책장 위에 가만히 두고 보는 나보다는 본인들과 열심히 놀아주는 조카와의 시간이 더 즐거울지 모르지만.

설렘을 간직한 미키

수집이 취미는 아니지만, 종종 별것 아닌 것 같은 물건에 마음이 끌려 간직하게 된다. 그렇게 하나둘 모인 자잘한 존재들이 침대 위, 침대 옆 탁자 위, 책상 아래 서랍 속, 책꽂이 등 내 방 가구 곳곳에 자리 잡고 있다. 그중에서도 가장 많은 것을 품고 있는 가구는, 창가에 가로로 길게 놓인 짙은 나무 색상의 책꽂이이다. 책꽂이 한 칸마다, 책을 꽂고 남은 공간에 몇 개의 그림과 장난감이 들어서 있고, 그 외의 출처가 다른 십여 가지의 물건이 책꽂이 위에 옹기종기 모여 있다.

그중 가장 오래된 것은 초등학생 때 우리 가족이 사용했던 미키 마우스 모양의 유선 전화기이다. 20년 정도 된 옛 전화기인데다 미키 모양이 입체적으로 붙어 있어 몸집이 꽤 크다. 들어 올리면 무게는 매우 가볍지만, 일반적인

크기의 텀블러보다 커서 한 손 가득 묵직하게 찬다. 이 친구가 우리에게 어떻게 오게 되었는지, 내가 언제 어떻게 사용했는지 등의 세세한 내용은 잊은 지 오래다. 전화기가 고장 나서 망가진 이후에는 꼬불꼬불하게 연결되어 있던 전화선도 잘라 버려 이젠 정말 아무 쓸모가 없다. 그럼에도 왜인지 나는 미키에게 마음이 끌려 버리지 못하고 여태껏 간직하고 있다.

그때의 따뜻했던 감정이 이 안에 고스란히 스며들어 있는 것일까? 구체적인 상황의 기억은 사라졌지만, 전화기를 손에 들고 마치 내가 특별한 사람이 된 것 같아 들뜨고 행복했던 모습은 어렴풋이 떠올릴 수 있다. 그리고 그 모습을 떠올리면 마음속에 몽글몽글하고 포근한 구름이 피어오르는 듯한 느낌이 들어 기분이 살짝 좋아진다. 나와 함께 한 시간이 가장 길었던 만큼, 또 함께했던 그 시기가 따뜻했던 만큼, 어린 시절에 대한 향수를 가장 짙게 머금고 있는지도 모르겠다.

지금 미키의 하루는, 그저 가만히 책꽂이 위에 서서 나의 생활을 조용히 바라보는 것이 전부이다. 제대로 된 눈길 한 번 주지 않고 정말 어쩌다 한 번씩 먼지를 닦아주는 것이 최선이다. 이렇게 생각하니, 비록 무언가를 느끼고 인지하는 생명체는 아니지만 괜히 미안함이 든다. 그럼에도 이기적인 마음으로, 나는 미키가 이렇게라도 평생 내 공간에 함께 머물면 좋겠다. 이 아이가 주는, 나만이 느낄 수 있는 그 따스함이 내 곁에 남아 사라지지 않기를 바란다.

미키에게 보내는 편지..

　무려 20년이 넘는 세월을 우리 가족과 함께 지내고 있는 미키야. 너를 처음 만난 날, 네가 나에게 준 설렘과 행복을 여전히 꽤 선명하게 떠올릴 수 있어. 그 당시 너의 역할은, 우리 가족이 친척, 친구, 지인과 서로의 소식을 전하고 이야기를 나누며 친밀한 관계를 유지할 수 있게 돕는 것이었지. 너의 발뒤꿈치에 꼭 붙어 있던 꼬불꼬불한 긴 선 덕분에 우리가 가진 물리적 거리를 쉽게 극복할 수 있었어.

　언제나 장난스러운 표정과 함께 밝은 미소를 간직하는 미키. 이따금 너를 번쩍 들어 올려 등에 달린 숫자를 누를 때면, 남들과는 다른 모습의 친구를 가진 내가 특별한 사람이 된 것 같아 그렇게 즐거울 수가 없었다.

　비록 지금은 기능을 잃어 방 한편에 장식품으로 자리 잡고 있지만, 너를 바라볼 때마다 어린 날의 따뜻함이 다시금 차오름을 느껴. 우리가 사는 데 바빠 네게 눈길마저 주지 않을 때가 많지만, 존재만으로도 마음의 온도를 높여주는 너를 나는 평생 잊고 싶지 않다.

채병혁

가라앉고
싶은 사람들

가라앉고 싶은 사람들

평소 주변의 것에 큰 관심을 가지지 않는다. 눈에 들어오는 것들을 바라보고 붙잡아두려고 하지 않는다. 어느 순간부터인지 잘 모르겠지만, 어떠한 감상이나 느낌, 생각도 휘발성이 강해졌다. 주변인의 감정표현도, 바람에 실려오는 숲속의 향기도, 맑은 하늘에 떠가는 구름도 마음에 스며들어 자신들만의 고유한 색을 입히지 못한다. 이래도 괜찮은 것인지에 대해 한참을 고민했던 적이 있지만, 이런 상태를 조금이나마 예전으로 되돌릴 수 있을까를 생각해보니, 불가능한 일처럼 느껴져서 고민을 멈추기로 했다. 그렇게 나는 점차 가라앉고 있었다.

나를 가라앉게 만든 무언가가 있었는지 아니면 그저 내가 스스로 가라앉고 싶었는지를 생각해본다면 후자에 가깝다고 이야기할 수 있을 것 같다. 여기에는 여러 가지 이유가 있을 수 있겠지만 가장 큰 이유는 무언가에 마음을 다하는 일이 어려워졌기 때문인 것 같다. 마음에 드는 것을 발견할 때마다 내 기준에서는 최선을 다했지만, 미성숙이 원인이 되어 실패를 거듭했던 경험은 무언가를 진심으로 사랑할 수 없게 되어버리기 충분했다. 얼마나 준비되고 얼마나 성숙한 사람이어야 그토록 바라왔던 그 모든 것들이 내 곁에 머물 수 있었을지 가늠조차 되지 않았다. 재미있는 사실은, 어느 무언가를 진심으로 사랑하지 않았을 때, 마음속 깊이 남겨진 공허를 피부의 살갗 아래로 느끼게 되었고 동시에 일정 수치 아래에서 고요히 일렁이며 선을 넘지 않는 평화가 찾아왔다는 것이다. 나는 이 넘치지 않고 외려 모자란 듯한 감정과 그로 인한 평화가 마음에 들었다.

이렇게 가라앉기를 바라는 사람은 나뿐만이 아니었다. 내가 아는 몇몇 사람들은 저마다 크기는 달랐지만, 엄지손가락 넓이의 구멍이 뚫린 나룻배를 바다 한가운데 띄워 놓은 듯했다. 개중 J는 기억에 특히 기억에 남는 사람이었다. 심리상담을 주제로 모인 오픈채팅 방에서 알게 된 J는 육지라고는 보이지 않는 망망대해 위에 떠 있는 작은 배 같은 사람이었다. 물론 그 배에도 구멍이 있었다.

　채팅방에서 가끔 보이는 J의 이야기에는 주변에 대한 관심이 없었다. J는 보통 멍하니 공기를 관찰하며 시간을 보내거나, 침대에 누워 유튜브 쇼츠를 보는 것을 낙으로 하루를 보낸다고 했다. 직업이 있는지, 가족이나 친하게 지내는 사람은 있는지가 궁금했지만 보통 새벽 시간에 깨어있는 것을 보면 그런 것들은 의미 없을 것 같아 묻지 않았다. 그러거나 말거나 J는 시시때때로 자신이 오늘 먹은 것을 이야기하거나 좋아하는 노래, 인스타그램 쇼츠 주소 따위를 채팅방에 올리곤 했다. 보통 J의 이야기에 관심을 가지고 답변을 해주는 사람은 거의 없는 편이어서 그것을 대화라고 불러도 될지 모르겠지만, J도 누군가가 대꾸해주기를 바라면서 그런 것들을 채팅방에 올리는 것 같지는 않았다. 드물게 누군가가 J의 메시지를 보고 흥미를 가져도 J가 그것에 대해 성심성의껏 답장하는 경우는 드물었기 때문이다.

　그런 J와 깊은 내용으로 대화를 나누고 지금까지 기억에 남길 수 있게 된 것은 우연한 대화 중에 나온 '윤도현-박하사탕'이라는 노래 때문이었다.

열어줘 제발 / 다시 한번만
두려움에 떨고 있어
열어줘 제발 / 다시 한번만
단 한 번만이라도

어떤 대화로부터 이 노래와 가사가 나왔는지 기억할 수는 없지만 J는 이 노래를 제일 좋아한다고 말했다. 그리고 내게 되돌리고 싶은 순간이 있는지도 물었다. 많은 생각이 교차되는 질문이었기에 내 손가락은 핸드폰 위에서 긴 시간 방황했다. 거의 모든 사람이 잠들어있을 새벽 4시, 우리의 대화 속에서 나의 작은 고민과 망설임도 화면을 들여다보는 사람들 사이에서는 보이지 않는 침묵이 매서운 긴장감을 연출하기도 한다. 미처 말하지 못한 이야기를 도로 삼키는 나의 표정을 읽을 수 있을리 없는 J는 대화가 끊어질 새라 잠깐의 공백을 서둘러 메우려 애쓰며 말을 이어갔다. J는 지금까지 살면서 가장 후회되는 순간이 있다고 말했다. 그리고 어떤 고통이 뒤따른다고 해도 그날로 돌아갈 수만 있다면 바랄 것이 없다고 이야기했다. 그러나 이미 많은 시간을 후회로 보냈고 그 시간 동안에 이랬으면 어땠을까, 저랬다면 어땠을까 생각하면서 내린 결론은 여전히 알 수 없다고 말했다. 유일하게 이 괴로움과 후회를 해결하는 방법은 그날의 그때로 돌아가서 다시 한번 부딪쳐보는 것뿐이지만 사실 그런 것은 불가능하니 마음에 생긴 구멍 위에 드러누워서 생각을 멈추는 것이 최선이라고 말했다.

나는 J의 후회되는 순간이 정확히 무엇이냐고 묻지 않았다. 경험을 바탕으로 미루어보았을 때, 그것을 남에게 설명하는 것은 이미 수없이 많이 해봤을 것이었고, 동시에 자신의 감정을 여러 번 용기를 내어 입 밖으로 꺼내 보았을 것이 분명했다. 그럼에도 마음은 여전히 과거의 끔찍한 악령에 사로잡혀 고문당하고 있을테고, 누군가의 공감이나 위로, 나의 이야기 같은 것들로 괜찮아질 수 없다는 것도 오랜 시간 경험을 통해 알고 있을 것이다.

그래서 질문 대신 부디 행운을 빈다고 말했다. 어설픈 위로가 J에게 도움은 커녕 괴로움만 더 가져다줄 수 있다는 생각에 다른 말은 일절 꺼낼 수가 없었다. 그저 예상치 못한 불행으로 오랜 시간 고통받았듯이, 예상치 못한 행운으로 불행을 덮고도 남을 만큼 행복하길 바랄 뿐이었다. 나나 J나 우리는 모두 가라앉고 있었지만 실은 느닷없이 닥쳐온 불행으로부터 제발, 다시 한번만, 단 한 번만이라도 간절히 빌고 빌었음에도 일말의 자비조차 허락되지 않았던 무력함에 잡아먹히고 만 것이 아닐까.

J는 행운을 빈다는 나의 말에 고맙다고 짤막하게 답했다. 그 뒤로 J는 가끔 차를 타고 지나가며 본 나무들이나 숲과 구름의 풍경 사진을 오픈채팅 방에

올렸고, 그것이 가끔 눈물 나게 아름답다고 이야기했다. 그때는 그것이 점차 회복되어가는 과정이라고 생각했다. 그러다 2024년 1월 27일, 지난 한주 중에는 가장 따뜻했던 날 J는 스스로 세상을 떠났다. 부디 그곳에 신께서는 내가 아직 머무는 곳의 신보다 자비로워서 누군가의 말처럼 견뎌낼 수 있는 시련만 주시길 간절히 빈다.

악의

부자와 가난한 자, 잘생기고 못생긴 자, 늙은이와 젊은이를 넘어 악의는 그 대상을 가리지 않고 불현듯, 아무도 예상하지 못한 순간에 찾아와서 입을 벌리고 한입에 삼켜 넣었다. 사람들은 악의에 삼켜지는 그 순간에도 자신이 그것에 삼켜질 것이라고 상상하지 못했다. 그만큼 악의는 우리 몸속에서 은밀하게 퍼지는 암과 같이 조용하게 스며들어 우리 삶 가운데에서 가장 약한 부분을 찾아 피부를 찢고, 드러난 진피에 꼬리를 집어넣어 알을 낳는다.

그런 의미에서 Q는 전형적인 악의의 먹잇감이었다.

내가 아는 Q는 착한 사람이었다. 부지런하지는 않아도 자신에게 주어진 일을 잘 처리하기 위해 매번 고민했고, 위험하다고 생각하는 일은 일절 하지 않는 사람이었다. 부모님이 알게 되면 속상해한다는 이유로 담배조차 태운 적이 없었다. 가끔 술은 마셨지만 그 누구도 Q가 취한 모습을 본 일이 없었다. 그런 Q가 가끔은 답답하게 느껴지기도 했지만, 어딘지 모르게 맑은 눈과 항상 희미한 미소를 가지고 있던 Q를 거의 모두가 좋아했다. 그러다 Q가 망가지기 시작한 것은 약 4년 전의 일 때문이다.

2년 남짓 사귄 여자친구와 동거를 시작하고 결혼을 약속했던 Q는 알기 어려운 이유로 여자친구에게 이별을 통보받았고 긴 시간을 괴로워했다. Q는 갑작스레 닥쳐온 일에 자신에게 어떤 잘못이 있었는지 알고 싶어 했고, 전 여자친구에게 '제발 부탁이니 제대로 된 이유라도 알려달라'고 매달렸지만, 돌아오는 대답은 '성격 차이'라는 대답뿐이었다. Q의 시선에서는 어떠한 이별의 징조도 큰 다툼도 없었기에 이별을 통보받았던 그날이 교통사고 같았다고 이야기했다.

내 차로에서 잘 주행하고 있다가 갑자기 옆 차로에서 끼어들어 들이박은 것 같다는 묘사는 그의 심정이 어땠는지 단번에 이해할 수 있었다. 문제는 사고의 후유증이 지나치게 크다는 것이었다. Q는 필사적으로 괜찮은 척하려고 애썼지만 맑았던 눈은 살짝만 건드려도 터질 것 같은 물풍선처럼 변했고, 옅은 미소를 머금던 입은 과호흡 환자처럼 말하는 중간에도 숨을 크게 들이마시다가 내뱉곤 했다.

그 숨소리에는 가슴 깊은 곳에서 시작된 축축하고 끈적한 괴로움들이 가득 묻어 끓는 가래처럼 앓는 소리가 종종 섞여 나왔다. 그 소리를 들을 때마다 '안전 이별'이라는 말이 유행처럼 번지는 요즘, 무엇이 안전 이별인지 다시 한번 생각하게 된다.

Q의 전 여자친구의 이야기를 들을 기회가 있다면, 그 사람도 그 사람 나름의 이유가 있었겠지만, Q에게는 분명 합리적인 것이 아니었을 것이다.

어느 날인가, 우울해하는 Q가 혹시 위험한 일을 벌이지는 않을까 싶어, 내 집에서 며칠 재울 생각으로 데려와 Q와 함께 조촐한 술자리를 가졌던 날로 기억한다. Q는 술에 취해 '자신은 사람이 너무 좋다'고 이야기했다. '사람이 너무 좋아서 내 곁을 잠시나마 머문 사람이 떠나가면 참을 수 없이 괴롭다.'

라고 말하는 Q는 고개를 숙이고 한참 망설이다가, 사실 자기는 초등학교 다닐 무렵에 꽤 오랫동안 왕따를 당했다며, 당시에는 단 한 명이라도 좋으니 꼭 친구가 생기게 해달라고 매일 같이 빌었다고 했다.

「지금 사람들은 너 다들 좋아하잖아.」

이 말에 고개를 들고 스치듯 예전의 미소를 입가에 띄운 Q는 표정과 달리 자조적인 목소리로 말했다.

「그야, 노력했으니까.」

인간관계라는 것이 따돌림을 당하다가 두루두루 사랑받게끔 노력하는 일이 가능한 것인가? 시간이 많이 지나기는 했지만, 그것이 실제로 가능한 일이었다면 그야말로 교육계에서는 혁명과 같은 일일지도 모른다. 흥미가 생긴 나는 Q의 눈을 바라보며 물었다.

「노력? 무슨 노력을 했는데?」

「쉬우면서도 어려워. 생존본능에 가까운 거니까.」

「생존본능? 그게 뭐야. 생존본능이야 다 있는 거지. 태어난 이상.」

「그럴지도 모르지. 그런데 생존본능이라는 것도 결국 학습의 영역이더라고. 나 어릴 때 아버지 직장 문제로 13번인가를 이사 다녔어. 초등학교부터 고등학교까지 거의 1년에 한 번꼴로 말이야. 그러니까 사실 이게 되게 묘한 부분이거든. 뭔가 관계에서 문제가 생기고 어려워지는 부분이 생길만하면 나는 다른 곳으로 떠났으니까. 누군가와의 갈등에 위험을 감수하고서라도 해결해본 적이 없는 거야. 지금도 사실 그 방법을 잘 모르고. 그런데, 1년마다 새로운 학교, 완전히 새로운 친구와 적응해야 했단 말이지. 이사 가지 않으면 학년이 올라가도 전에 같은 반이었던 애들도 있고 그래서 학기 초반에는 사실 막 다른 반 친구들하고 같이 다니기도 하고 그렇잖아. 같은 반에 친해지는 친구가 생기기 전까지는. 그런데 나는 그런 것이 없었으니 뭐랄까, 매번 기반 없이 맨땅에 헤딩하는 기분으로 관계성을 형성해야 했던 거야. 그리고 생각해봐. 이사라는 것이 학기 초 시작 시점에 맞춰서 정확하게 할 수 있는 것이 아니라고. 이미 자기들끼리 다 친해지고 난 다음에 내가 전학을 갈 수도 있는 거잖아. 그러면 이제 더 생존본능을 발휘해야 하는 거지.」

「그렇지. 그래서 어떻게 했는데?」

머릿속에서 웹 드라마를 보듯, Q의 상황이 묘하게 재생되었다. 분명 친구의 불우한 어린 시절 이야기였음에도 불구하고 사람이란, 자신이 경험해보지 못한 새로운 이야기에 자연스럽게 관심이 쏠리는 것이다. 이쯤 되니 공감보다는 그래서 다음에 어떻게 되었는지가 훨씬 중요했다. 어느새 잔뜩 상기되어 있는 내 얼굴을 보고 재미있다는 듯 더 분명하게 미소 짓던 Q는 다시 천천히 이야기하기 시작했다.

「최대한 갈등이 안 생기게 했지. 알고 있는지 모르겠지만, 어느 집단마다 각각 고유한 색이 있다고 하면 이해하기 쉬우려나. 학교 다닐 때 각반마다 고유한 분위기가 있듯 말이야. 그런 분위기를 빨리 읽는 거지. 뭐, 때로는 비겁해질 때도 있긴 하지만, 난 그게 적응이라고 생각했어. 모난 돌이 정 맞는다. 그래 그게 정확한 표현인 거야. 나는 항상 전학생이었고, 굴러들어온 돌이었으니까. 굴러들어온 주제에 모나있으면 아무래도 정을 맞는 것에서 끝나지 않겠지. 그러니까 거기서 특수한 포지션을 잡는 거야. 특별히 깝치지도, 위협이 되지도 않지만 뭔가 재밌고, 뭔가 흥미있어 보이게 이미지 메이킹을 하는거지. 어려우면 세일즈 비슷하다고 생각해봐. 면접도 비슷한거고. 결국 나를 파는 거니까.」

「뭔가 되게 어렵네.」

「쉽진 않지. 사람마다 원하는 게 다 다르고, 나는 그걸 최대한 짧은 시간 안에 파악해서 행동으로 옮겨야 하니까. 이제 그게 실패했을 때는 왕따를 당하는 거고.」

이 말을 듣는 순간 어쩐지 기분이 이상해졌다. Q가 나를 대할 때도 마음과 감정을 나눴다기보다 필요에 의한 관계로 생각했을까?

「그냥 뭐랄까 타인에게만 맞춰서 살다 보면 자기 스스로를 잃어버리게 되거나 그러지 않나? 좀 너 자신을 찾아봐. 너무 타인 위주로 맞추면서 살지 말고.」

나의 말에 Q가 이번에는 전과 다른 비릿한 미소를 띠우며 말했다.

「너는 너 스스로가 정말 어떤 사람인지 알고 있다고 생각해? 나는 스스로 이런 사람이라고 한 문장이나 한 단어로 정의해볼 수 있어?」

「아니, 뭐... 그거야 그렇게까지 생각해본 적은 없으니까.」

「그러면, 네가 5살 때랑, 10살, 15살, 20살, 그리고 지금의 네가 하나도 바뀌지 않고 그대로 변하지 않는 정체성을 유지하고 있다고 생각해?」

「...그건...야, 사람이 어릴 때랑 지금이랑 같냐.」

「그래, 내 말이. 사람은 적응의 동물이야. 그때 그때 적응하면서 사는 거지. 나는 그런 사람이라는 본질에 조금 더 충실했을 뿐인 거고.」

「찐따새끼. 그래서, 나한테도 적응했냐?」

　살짝 격양된 내 말투에 Q는 미간을 치켜세우며 자신은 자신의 이야기를 했을 뿐 그 이상 다른 의미는 없다는 듯 내 말에 대답했다.

「그렇지 뭐, 야, 그래도 재밌었잖아. 예전에 피씨방에서 밤새 게임도 하고, 술 먹고 벤치에서 자다가 해 뜨고 나서야 찜질방 가고, 그때 여름이었나.」

　감정이라는 것은 예고를 하고 찾아올 만큼 예의가 바른편이 아니어서 감정이 내게 다가왔다는 것을 알아차릴 때쯤이면, 상황은 느닷없이 찾아온 버릇없는 손님에 의해 엉망진창이 되기 마련이다. 그러나 Q는 감정이 찾아오는 시점을 누구보다 빠르게 알아차렸다. 마치 미리 방문하리라는 것을 약속이라도 한 것처럼.
　Q는 지금도, 곧 예고 없는 손님이 곧 찾아오리라는 것을 느낀 듯했다. 옛날 이야기로 화제를 전환했지만, 나와 Q 사이에는 물을 잔뜩 머금은 명주실이 팽팽하게 당겨진 듯했다.

　흰 거품을 잔뜩 품은 감정의 해류가 나와 Q의 발목을 간질이고, 이윽고 종아리와 허벅지를 적시더니 가슴께를 넘는 너울에 누군가가 휩쓸려 넘어지면서 의식의 끈을 놓아버릴 것만 같았다. Q에게 말했다.

「예전부터 느낀 건데, 나는 널 진짜 잘 모르겠더라. 무슨 생각하는지도 모르겠고 네가 어떤 사람인지도 잘 모르겠어.」

생각해보면 Q와는 아주 오랜 시간 동안 알고 지낸 사이였지만, Q는 자신의 이야기를 들려준 적은 없었다. 그저 성격이 쾌활했고, 점심시간에 친구들과 어울려 농구를 하거나 패거리들과 쏘다니는 것을 좋아하고, 가진 재주를 잘 이용해서 다른 사람들과 원만하게 지낸다는 것이 내가 아는 Q의 전부였다.

학창 시절, Q와 꽤 친하게 지냈다고 생각했던 나도 정작 Q에 대해서는 아는 게 없었다. 좋아하는 음식은 무엇인지, 무슨 색을 좋아하는지, 어떤 스타일의 여자가 이상형인지, 예전에 혹시 좋아하는 여자가 있기는 했는지, 있다면 그게 누구였는지, 나중에 무엇을 하고 싶은지, 부모님은 무슨 일을 하시는지, 슬픈 일은 없었는지, 또 기쁜 일은 없었는지 전혀 아는 바가 없었다.

내가 먼저 Q에게 물어본 일이 있었는지는 잘 모르겠지만, 으레 친구들끼리 이런저런 이야기를 나누다가 우연히 알 수 있었던 그런 정보들이 Q에게는 없었다.

나는 Q를 친구라고 생각하고 있었지만, 사실은 나도 Q를 그냥 그런 사람쯤으로 생각하고 있었던 것은 아닐까. 아니야, 아닐 거야. 말해주지 않은 Q가 이상한 거지. 그게 아니면 다른 친구들에 대해서는 어떻게 그렇게 자세히 알고 있겠어. 사람에게 적응한다니, 그게 말이나 되는 건가? 애초에 Q는 나와 다른 사람들에게 진심이었던 적이 없었던 거야. 나만 친구라고 생각했던 거라고.

「그게 그렇게 중요한 건가? 그리고 나는 네가 바라보는 모습 그대로의 사람이야. 어릴 때와 비교했을 때, 그냥 가지를 조금 치고 키가 더 자라났을 뿐이야.」

「야, 너 아까는 정체성이 어쩌고 하면서 사람은 계속 변하고 적응한다며. 왜 말이 자꾸 바뀌냐?」

「사람은 변하지 당연히. 외할머니가 사람은 12번도 더 변한댔어. 그렇지만 널 대하는 나는 변하지 않았다는 말이야.」

「무슨 말이야 그게. 아니, 네가 날 어떻게 대했는데?」

Q의 귓불과 목이 붉게 물들면서 평정심을 유지하려던 Q의 이성이 일렁이기 시작했다. 흔들리는 동공이 훤히 들여다보일 정도로 눈을 크게 뜬 Q가 다그치듯 내게 말했다.

「네가 지금 그런 걸 물어본다는 것이 조금 그렇긴 하다. 우리 친구 아니었어?」

「친구 맞지. 아니, 맞다고 생각했지. 너한테 친구라는 의미가 뭔데? 너도 내가 친구기는 한 거야?」

말을 하면서도 묘하게 왼쪽 눈가가 떨려왔다. 필사적으로 감정이 밀어닥치는 것을 막아내려고 애쓰다 보면 간혹 일어나는 신체적 반응이었다. 이것은 평정을 유지하지 못하고 감정을 쉽게 드러내는 모습은 어른스럽지 못한 것이라는 교육의 결과물이었으며, 동시에 교육의 속도를 따라가지 못하는 미숙한 어른의 나머지 수업과 같은 것이었다. 불행히도, 밀어닥치는 감정을 완전히 숨기지 못했고, Q는 상대방의 감정변화를 읽어내는데 재능이 있었다.

「그런 걸 물어보는 순간, 사실 친구가 아닌 건 아닐까 싶네. 어쩌다가 이야기가 여기까지 이렇게 흘러왔는지 모르겠지만, 일단 이만 나는 집에 가는 것이 좋겠다.」

Q는 말을 마치자마자 자리에서 일어나 겉옷과 짐을 챙겨 현관으로 몸을 돌렸다. 이겼다고 생각한 것일까. 아니면 Q 또한 마음이 상한 것일까.

그 모습을 바라보는 나는 머릿속에 아무것도 그려지지 않았다. 텅 비어버린 머리와는 별개로 가슴 속에서는 불쾌한 액체가 거품을 내며 끓어올라 식도까지 차오르는 듯했다. '그러니 파혼을 했지.'라는 말이 거품을 타고 입안까지 차올랐지만 해도 될 말과 해선 안 될 말을 구분할 수 있는 이성은 남아있었기에, 역류성 식도염 환자같이 넘어오는 시큼한 위산을 꾸역꾸역 삼켜내듯 말을 집어삼켰다.

나는 고개를 숙이고 의미 없이 턱과 볼, 목덜미를 문지르다가 몇 분간의 침묵 끝에 짧은 한마디로 우리의 대화를 마무리 지었다.

「그래, 들어가라.」

그렇게 Q는 집으로 돌아갔고, Q에게는 연락이 없었다. 느릿한 동작으로 신발 뒷 축을 구겨신고 현관문을 밀고 나가 말없이 엘리베이터의 버튼을 누르는 Q의 뒷모습이 오랫동안 선명하게 남았다. 그 친구와의 관계가 이렇게 될 것이라고는 어느 순간에도 예상하지 못했지만, 성인이 된 시점에서 맞이하는 인간관계는 학창 시절의 그것과는 크게 다르다는 것을 마음속으로 되새기며 마음의 안정을 찾으려고 노력했다.

어쩌면 나는 그때 Q를 그렇게 보내지 말았어야 했는지도 모른다. 어려운 상황에 놓여 심적으로 괴로워했던 Q의 상황을 고려하고 조금 더 마음을 넓게 쓰는 것이 더 적절한 일이 아니었을까 하는 생각도 들었다. 그렇지만 오랜 친구와의 관계의 근간을 흔들만한 Q의 관계 적응론을 이해하기에는 분명 참을 수 없는 구석이 있었다. 그 부분에 대해서는 더 정확하게 이야기하지 못해서 아쉽다고 생각했다.

이렇게 무언가 후회를 남기는 일이 발생 하면 과거를 여러 번 되돌려 재생해보곤 한다. Q를 보내고 이러면 어땠을까 저러면 어땠을까를 생각하며 꽤 오랫동안 Q와의 대화를 복기해보았는데, 나를 가장 혼란스럽게 만들었던 지점은 Q는 마땅히 할 수 있는 이야기를 했다는 것이다. 그리고 나 또한 나의 상황에서 할 수 있는 범위의 말을 했다. 어쩌면, 아주 어쩌면 Q가 힘든 상황에 있지 않았더라면, Q는 내게 그런 자기 생각을 전하지 않았을 것이다.

그리고 우리 집에서 평소처럼 게임 이야기나 하며 어디 같이 놀러갈 곳은 없을지 찾아보다가, 배달 음식을 시켜서 술과 함께 먹고 마신 끝에 얼큰하게 취해 따뜻한 방바닥에 아무렇게나 널브러져 잠을 잤을 것이다. 다음 날 늦은 아침께 일어나 '아, 해장이나 하자'라는 말과 함께 누가 먼저랄 것도 없이 둘 다 씻지도 않은 몰골로 동네 국밥집에 들어가서 7천 원짜리 순대국밥을 하나씩 시켜 먹고 '조심히 들어가라.'는 인사말과 함께 헤어졌을 것이 분명했다.

어느 날인가 이런저런 생각 끝에, Q에게 미안한 마음이 들어 메시지를 보냈다.

「그때 내가 미안했다. 너 힘든 거 위로해주려고 그랬던 건데, 본의 아니게 내가 조금 불편한 감정을 드러내서 상처를 준 것 같네.」

메시지 앞에 1이 사라졌는지 수시로 확인하다가, 수 시간 뒤 마침내 숫자가 사라지고 Q에게 답장이 왔다.

「아니야. 괜찮아. 나도 미안해.」

지극히 Q 다운 답이라고 생각했다. 어지간하면 갈등을 만들지 않는 선에서 적당한 답을 말할 수 있다면 위 문장이 모범답안이 될 것 같다고 생각했다.

나중에 안 이야기지만 나랑 그렇게 헤어지고 나서 Q는 잠깐 병원에 입원했었다고 했다. 인터넷에서 개인 거래로 질소 20L를 통으로 구하고 가스조절기, 고무호스와 비닐을 추가로 구비 해서 일명 '탈출 봉지(exit bag)'라는 것을 만들었다고 했다. 구글에 '자살'을 검색했을 때 가장 이상적인 자살의 형태로 비활성기체를 활용한 자살법을 알려주는 사이트가 나오는데, 비활성기체로 인한 자살은 고통이 거의 없다시피 해서 죽음으로부터 밀려오는 생명체의 당연한 반응인 공황발작만 잘 이겨낸다면 손쉽게 현실을 벗어날 수 있다고 했다. 그리고 Q 역시 사람의 범주에서 크게 벗어나지 않았기에, 생존본능이 앞서 의식이 끊어지기 직전에 자기도 모르게 비닐을 찢고 곧장 119에 살려달라고 전화를 했다고 했다.

　마치 남의 이야기인 것처럼 동네 맥주 가게에서 액션영화의 한 장면을 이야기하는 Q의 모습은 어딘가 잘못 편집된 동영상처럼 느껴졌다. 영웅담을 늘어놓듯 과장된 몸짓을 섞어가며 이야기하던 Q에게 왜 그런 짓을 했느냐고 물었을 때, Q는 이렇게 답했다.

「아무도 날 이해하지 못하니까.」

　조촐한 술자리를 마치고 Q와 헤어져 집으로 돌아오는 길은 여느 2월과 같이 마땅히 추울 만큼 추웠다. 눈은 내리지 않았고, 간간이 부는 바람은 여민 옷 사이로 파고들어 알싸하게 취해 감각이 무뎌진 뺨의 존재를 다시 상기시켰다.

생각해보면, Q는 분명 좋은 사람이었다. 분명 Q도 그 나름대로 이유를 가지고 행동했을 것이고, 아직 젊은 만큼 미숙하고 흔들리며, 으레 자기 위치에서 저지르는 실수들도 있었을 것이다. 그때마다 누군가는 Q를 비난했을 것이고, 또 다른 누군가는 관심조차 주지 않았을 것이다. 운이 좋아 응원과 위로를 건네는 사람을 만났을 수도 있었을지도 모른다. 그럴 때마다 Q는 자신보다 주변을 먼저 생각했다. 그것이 미움받거나 버림받지 않기 위해 최선을 다해 발버둥 치는 것일지도 모르지만, 어쨌거나 Q는 적어도 다른 사람에게 피해를 주려는 의도를 가진 사람은 아니었다. 오히려 타인에게 꼭 필요한 사람이 되어 결코 버려지는 일이 없길 바랐다.

학창 시절 무엇을 좋아하는지, 또 무엇을 싫어하는지 말해준 일은 없어도, 주변의 누군가가 무엇을 좋아하고 싫어하는지를 잘 기억하고 있었던 것을 떠올리면 더 그렇다. 그런 Q도 때로는 자신을 이해받고 싶어 했을 것이다. 이쯤 생각이 닿으니 Q가 어느 정도 이해되는 것 같았다. 그러는 의미에서 Q는 전형적인 악의의 먹잇감이었다. 자신을 위해서 그랬거나, 혹은 온전히 이타적인 마음이거나를 떠나서 주로 자신보다 타인의 감정과 생각을 살피려고 애쓰는 Q의 모습만 바라보고 다가오는 사람들은 진짜 Q의 모습에 대해서는 별로 관심이 없었을 게 뻔했다. 나 또한 이번 일이 아니었으면 Q의 생각이나 마음 같은 것에는 크게 관심을 기울이지 못한 채로 계속 살아갔을 테니 말이다.

여태껏, Q의 밝은 겉모습 아래 빙산의 뿌리와 같이 숨 막힐 듯 깊고 가늠하기 어려울 만큼 차가운 슬픔과 상처를 함께 들여다봐 줄 사람은 없었던 모양이다. 내면마저 사랑해줄 것을 빙자하여 차마 감당하지도 않을 감정과 관계로 Q의 이타적인 겉모습으로 자신을 채우려는 악의들이 Q의 살점을 파고들지는 않았을까. Q는 어쩌면 알면서도 시간이 흘러 패어버린 살점 위로 박혀버린 굳은살과 같은 외로움으로 인해 그들을 떨쳐내지 못했다. 기꺼이 악의에 곁을 내어주고, 혹시나 하는 기대감으로 자신의 깊고 차가운 내면을 용기내어 드러냈을 때, Q의 빛을 양분 삼아 기생하던 악의들은 변변한 작별 인사 없이 Q의 곁을 떠났을 것이다.

Q는 그저 외롭지 않고 싶을 뿐이었다. 자신의 삶 가운데 이러한 어려움이 있으리란 것을 예상하지도 못했을 것이다. 그러나 Q는 주어진 삶의 과제에 나름의 방식대로 대면해서 해결점을 찾아 나갔다. 그것이 정말 괜찮은 일이었는지 아닌지는 더 시간이 흘러야 알 수 있겠지만, 악의는 예외 없이 Q에게 조용하게 스며들어 Q의 삶 한가운데에서 가장 약한 부분을 찾아 피부를 찢고 드러난 진피에 꼬리를 집어넣어 알을 낳았다.

Q는 '아무도 날 이해하지 못하니까'라는 말과 함께 가라앉고 있을 것이다. 어쩌면 혼자 있을 때, 이따위 세상은 차라리 망해버리는 것이 좋겠다고 생각하고 있을지도 모른다. 오랜 친구가 그런 꼴이 되어가는 것을 지켜만 보는 일은 힘든 일이었다. 그렇지만 나 또한 무엇을 어떻게 해야 Q에게 도움이 될 수

있을지 알 수 없었다. 어느 공익 광고의 말과 같이 따뜻한 말 한마디로 Q가 조금이나마 괜찮아질 수 있다면, 나는 Q에게 무슨 말을 건네줄 수 있을까.

아마, '너만 그런 것이 아니야. 나도 그래' 정도면 괜찮지 않을까.

선생님 H

    살다 보면 예민한 성격의 사람들과 만나곤 한다. 작은 일에도 쉽게 화를 내거나 짜증을 부리는 이런 부류의 사람들은 주변에 있는 사람들의 감정을 갉아먹고 지치게 만든다. 세상에 오롯이 자기 혼자만 사람이라는 듯 타인의 감정이나 기분 같은 것은 다분히 신경 쓰지 않고, 지극히 개인적인 기준을 들이밀며 자신을 불편하게 만드는 것들에 대해 거침없이 불만을 쏟아낸다. 보통은 이런 사람들을 상대하지 않기 위해 자리를 뜬다거나, 따돌리기 일쑤였으나 H 선생님은 달랐다. 예민한 성격으로 주변 사람들과 잘 어울리지 못하던 사람이 H 선생님에게 자신의 고민을 털어놓자 H 선생님은 이렇게 이야기했다.

    「살다 보니 비슷한 사람을 만난 적이 있었어요. 그런 사람들을 자세히 보니, 예민하다는 말보다는 우리 같이 둔감한 사람들보다 슬픔을 더 슬프게 느끼고, 기쁨을 더 기쁘게 느끼고, 행복할 때 더 행복해 하더라구요. 그리고 그런 사람들이 기쁘고 행복할 때 느낀 감정들로 아주 멋진 것들을 만들어내고 더 많은 사람에게 자신이 느낀 기분 좋은 감정들을 나누어주곤 해요. 그러니, 더 기쁜 것들, 더 행복한 것들을 찾아봐요. 그래서 나같이 둔한 사람들도 세상에 더 기쁘고 행복한 것들이 많이 있다는 것을 알려줘요.」

　이 글을 읽고 있는 여러분들이 삶 가운데 우연하게도 어려움을 마주했을 때, 그저 얼굴만 마주해도 마음이 편안해지는 사람을 만나본 적이 있는지 묻고 싶다. 아주 어렸을 적, 그러니까 다리의 근육이 온전히 성장하기 전이라 방바닥을 간신히 기어 다니고 있을 무렵에는 엄마 얼굴만 바라보아도 세상의 모든 근심 걱정이 사라졌을지도 모른다. 그러나 시간이 흐르고 성장해나가는 신체와 복잡한 사회 속 관계들 속에 섞여 들어갈 때마다 우리는 타인을 통해 진정한 위안을 얻는 법을 잃어버렸는지도 모른다. 나는 이것이 사회의 구조적 문제라던가, 타인의 냉소적인 태도에서 시작되었다고 생각하지 않는다. 다만, 우리가 타인을 바라보면서 그들에게 무엇을 발견해낼 수 있느냐의 문제라고 생각할 뿐이다.

　H 선생님은 내가 아는 사람 중에 특히 타인의 마음속에서 밝게 빛나는 면을 찾는 것에 탁월한 사람이었다. H 선생님의 대화에는 우리가 이미 익숙해져 있는 사회적 합의 같은 것이 배제되어 있었다. 아주 오래전부터 발달해온

인간 순수이성에 대한 의미와 논리적인 대화에 대한 기대를 버리고, 때로는 슬픔과 분노와 같이 부정적인 감정에 잠식되어 자기 자신이 무슨 말을 하는지도 모르는 이들의 마음을 먼저 들여다보았다.

행여 그것이 자신의 안위와 직접적인 관련이 있다 하더라도 스스로 보호하기보다 상대방의 감정의 편에 서서 듣고 이야기하는 사람이었다. 그래서 모두가 그 선생님을 좋아했다. 언제나 웃음을 잃지 않았으며, 목소리를 높이지 않았다.

H 선생님을 만났을 당시 나는 신장암에 걸려 회복 중이었고 덩달아 아버지 사업이 어려워지자 그림으로 밥을 벌어먹겠다는 생각을 접은 채로, 불안한 현재와 미래를 겪어내고 있었다. 20대 중반 무렵에 나름 '이만하면 다 자란 어른이 아닐까.'라는 생각을 했지만 여전히 미래에 대한 불안으로 마음은 미성숙한 소년의 것과 다를 바 없었고, 멋진 롤모델의 존재가 20대 청년에게 얼마나 큰 영향을 미치는지 미처 깨닫지 못하고 있었다. 그때, 하염없이 빛나는 태양과 같은 H 선생님을 보며 나도 저런 사람이 되고 싶다고 생각했다.

그래서 미술을 그만두고 청소년 일을 하기 시작했다. 일을 하면서 어설프게 그 선생님을 따라 하려고도 했지만, 이내, 내 마음의 그릇이 충분하지 않다는 것을 깨닫고 그만두었다. 지금은 벌써 청소년과 후기 청소년, 그리고 청년 일을 한지 10년이 넘었다. 거의 모든 일에 쉽게 실증 내는 내가 한 분야에서 이렇게 오랜 시간 일을 할 수 있을 것이라고 생각하지 못했지만, 그간 지내온 시간과 함께해온 사람들, 그리고 스쳐 지나간 소중한 인연들을 생각하면 H 선생님이 떠오른다. 아쉬운 이야기지만, 여러분들과 내가 바라는 것과 다르게 H 선생님은 청소년 일을 그만두었다.

이유는 알 수 없지만, 어찌되었건 H 선생님은 현장을 떠나 새로운 일을 생업으로 삼기로 하셨고 나는 그의 뒤를 이어 청소년과 청년들을 위해 생을 헌신하기로 했다. 과연 내가 잘 해낼 수 있을까. 나도 H 선생님 같은 사람이 될 수 있을까.

맑은 3월의 밤, 스산한 바람이 뺨을 스치고 곧 비가 올 예정인 듯 들이마시는 숨에 축축한 빗물 냄새가 섞여들어왔다. 부디, 어떤 날이 앞에 닥쳐와도 겸허히 받아들일 수 있는 용기를 가질 수 있길 기도해본다.

오늘의 업적

23년 3월, 기존에 다니던 대안학교를 나와 비영리단체를 설립했다. 10년 넘게 청소년 일을 해오면서 느낀 것도 있었고, H 선생님의 영향도 적지 않았다. 이름은 청년지원공동체 소울로 붙였다. 청소년과 청년들의 정서적, 경제적 자립, 사회적 관계망 형성 지원을 목적으로 뜻이 맞는 사람들과 함께 만든 단체였다.

단체를 만드는 과정은 물론 순탄치 않았다. 공간도 필요했고, 행정상 필요한 서류들도 많았다. 무엇보다 돈이 필요했다. 말이 비영리단체지 처음 시작하는 단체는 영리와 비영리를 가리지 않고 당연히 돈이 필요하다는 사실을 뒤늦게 깨달았다. 당시, 삼성꿈장학재단 지원사업을 받아 통합교육의 일환으로 다양한 특성을 가진 청소년들을 한데 모아 뮤지컬을 하는 프로그램을 운영하고 있었으나, 그것은 목적이 있는 사업이었기 때문에 우리 단체에 이익금이나 잉여금을 남길 수 있는 것은 아니었다. 그래서 일단 돈을 벌어야 했다.

많은 비영리단체가 멋진 뜻과 이상으로 설립되었다가 돈이 없어서 어느 순간 사라지는 모습을 자주 봐왔기에, 우리 단체도 그렇게 될까 두렵기도 했고, 정권이 바뀔 때마다 지원금이 반토막 나거나 사라지면, 지원금에 의존하던 단체들 역시 휘청이다가 무너지는 꼴을 수없이 봐왔기 때문에 우리의 정체성을 지킬 수 있는 프로그램을 독자적으로 운영할 수 있어야 한다고 생각했다.

고민 끝에 만들어낸 프로그램은 일반 청년들이 기성 작가에게 6개월간 글쓰기를 배우고 이를 모아 출판하는 것이었다. 글쓰기 경험이라고는 학창 시절 마지못해 쓴 일기와 블로그나 다이어리를 꾸미는 것 빼곤 해본 적이 거의 없을 일반의 청년들이 혼자서 책을 출판하기 위해 글을 쓴다는 것은 몹시 어려운 일이라고 생각했지만, 꿈과 상상은 본디 가진 능력과 상관없이 추구하게 되는 법이다. 누구나 살면서 한번은 자신이 쓴 글로 책을 출판하고자 하는 꿈을 꿀 꾸지 않을까 생각했다. 이런 면에서, 출판하는 데는 다양한 진입 장벽과 막대한 돈이 들어가는 문제이므로 저렴한 비용에, 기성 작가에게 전문적으로 글쓰기를 체계적으로 배워서 책을 내보는 경험을 줄수 있다는 점은 우리 단체에 잘 어울렸다. 그렇게 한 사람당 한 달에 15만 원씩 회비를 받기로 하고 프로그램을 진행했다. 강사비와 실제 출판비와 운영비를 제외하면 남는 이익금은 얼마 없었지만, 이 이익금으로 우리가 사용하고 있는 공간에 월세와 세금 정도는 낼 수 있게 되었다.

'오늘의 업적' 프로젝트는 그렇게 만들어진 글쓰기 및 출판 클래스의 일환이다. 하루하루를 살아가며 우리가 어떤 업적을 쌓아가며 살고 있는지 되돌아보면서, 청년 개인의 6개월간 성장의 과정을 글로 들여다볼 수 있는 의미를 가진 일이었다. 나는 이 일이 마음에 들었다.

총 6명의 청년들이 모였고, 매주 자신의 일상을 돌아보며 오늘의 업적을 주제로 글을 썼다. 처음에는 3줄 쓰기도 힘들어했던 사람들이 6주 쯤 지나자, A4 용지를 가득 메울 정도로 자신의 생각을 글로 옮겨 담아 낼 수 있게 되었다. 그러나 나는 여전히 머릿속이 복잡했다. 나는 욕심이 많은 사람이었고, 불안한 단체의 자금 사정에 언제나 불안에 떨었다. '오늘의 업적'이라는 말로 하루를 잘 살았다고 생각하기에는 아직 이뤄야 할 일들이 너무 많았다.

우선은 단체가 어느 정도 안정적인 자금 구조가 완성되었을 때, 비로소 한숨 돌리며 업적에 대해 말할 수 있을 것만 같았다. 주 7일 하루 평균 14시간을 일하면서도 생각만큼 안정되지 않는 단체의 경제 상황에 대해 계속 고민하고 다양한 방법들을 모색하고 잠들기 전에 이러다 망할 수도 있겠다는 생각이 머릿속에서 계속 맴돌았다. 평소에 다 잘될거라며 큰소리를 치고 다녔기에, 내가 가진 불안과 어려움에 대해 쉽사리 이야기할 수도 없었다.

통장 잔고는 점차 비어가고, 운영되는 프로그램의 수익으로는 안정적인 구조는 너무 멀어 보였다. 그동안 모아온 내 개인 자산이 계속 투입되었고, 배가 가라앉으면 선장도 같이 가라앉는 법이라는 말을 떠올리며 가라앉는 배가 완전히 침몰하기 전에 새로운 수단을 강구해야 한다는 압박에 시달렸다.

나는 '오늘의 업적'이라는 말을 되돌아 생각할 수 있을 만큼 정신적으로 여유로운 상황이 아니었다. 그럼에도 꾸준히 글을 쓰려고 노력했다. 피로에 젖은 정신을 잠시 쉬게하는 용도도 아니었고, 정말로 오늘의 업적을 되돌아볼 요량도 아니었다. 그냥 잘 써진 글을 쓰고 싶었다. 잘 쓴 글을 통해 어디 한군데 나사 빠진 것 같은 내 능력이 사실은 꽤 쓸모가 있다는 것을 증명하고 싶었다. 그리고 누군가는 내 노력을 알고 이해해주기를 바랐다. 그래서 글을 썼다.

나는 분명 불안과 미지수의 영역 끝자락 어딘가에 있을 미래에 대한 압박으로 끊임없이 가라앉고 있었지만, 정말 가라앉는 것은 몹시 두려웠기 때문에, 아니 어쩌면 정말 가라앉는다고 해도 '그 사람은 그렇게 가라앉을 사람은 아니었어. 단지 운이 나빴을 뿐이지.'라는 말을 듣기 위해. 나는 오늘의 업적을 주제로 글을 썼다.

글을 쓰면서 자주, H 선생님이 생각날 때가 있다. 선생님도 선생님 앞에 놓여 진 삶의 과제들이 너무 버거워서 일을 그만두신 것일까. 아니야, 적어도 그분은 자신 앞에 주어진 일에서 도망칠 사람은 아닐 거야. 더구나 사람을 길러내고 가르친다는 교사의 소명을 온몸으로 실천해온 분이니 더욱이 그렇겠지.

어느 날, 무슨 일에서인지 H 선생님에게 전화가 걸려 왔다. 우리 단체에 와본다고 하면서 일이 바빠 오랫동안 약속을 지키지 못해서 미안하다고 하시면서, 잘 지내고 있는지 안부를 묻고 싶어, 전화하셨다고 했다. 보통 어른이 먼저 이렇게 전화하는 경우가 없었을뿐더러, 평소 존경하는 H 선생님의 이야기에 몹시 황망해진 기분으로 '아니에요. 선생님, 제가 먼저 연락을 자주 드렸어야 했는데...'라고 말하며 선생님께는 보이지도 않을 손사례를 연신 내저었다. 그리고 H 선생님과 간만의 대화에 한참을 즐겁게 이야기하다가 어느 순간 나도 모르게 불쑥 질문을 던져버렸다.

「선생님, 그런데 선생님은 왜 일을 그만두시게 되셨나요?」

수화기 너머로 들리는 선생님은 잠시 멋쩍은 목소리로 허허 웃으시더니 이렇게 말했다.

「그냥... 4인 가족이 먹고살기에는 좀 부족 하더라구요. 저도 가장이고 하니까...」

「아, 네... 그렇죠. 저도 만약에, 이제 결혼하고 책임질 가정이 생기면 지금 하는 일을 계속 잘 해나갈 수 있을지 잘 모르겠네요.」

부단히 현실적인 이야기였다. H 선생님은 가장이었고, 사회복지 일을 외벌이로 삼아 4명의 식구가 먹고 살기에는 분명 부족했을지도 모른다. 나는 그 생각을 미처 하지 못했다. H 선생님은 어땠을까.

주변 동료들에게는 존경과 찬사를, 가르치는 청소년들에게는 훌륭한 스승으로 사랑받으면서 하루하루 오늘의 업적을 쌓아가셨을 H 선생님의 식탁에는 업적 대신 고지서가 쌓여있었을지도 모른다. 그리고 H 선생님은 자신이 사랑하는 일보다 가족을 선택했다. 지금은 또다시 새로운 오늘의 업적을 쌓고 계실지 모르겠지만, 일을 그만두고 가족을 위해 다른 돈벌이를 찾기로 결심하기까지 얼마나 많은 순간을 가라앉고 계셨을지 감히 상상하기 어려웠다.

그렇다면 나는, 무엇을 위해 가라앉고 쫓기며, 오늘의 업적을 쌓지 못하고 있는 것일까.

파도

나는 파도를 좋아한다. 그러나 물은 무서워하기 때문에 가슴께 너머로 물이 차 있거나, 물속에 있을 때 발이 닿지 않는 곳에는 들어가지 않는다. 그래도 멀찌감치 떨어져서 바라보는 파도는 좋아한다. 특히 먼바다로부터 밀려오는 너울이 이윽고 육지의 경계까지 밀려와 바위에 부딪치고 하얀 거품을 토해내며 결국 비산하고 흩어지는 파도를 좋아한다. 아주 가끔 맑은 날 바닥 모래가 훤히 비치는 얕은 바닷물 위로 유리구슬을 흩뿌려 놓은 듯 빛이 난반사되는 윤슬도 좋아할 때가 있기는 하지만, 깊이가 가늠되지 않는 시커멓고 먼 바다에서 밀려오는 바닷물이 결국 내 발치에도 이르지 못하고 터져버리고 마는 파도가 좋았다.

파도를 가만히 들여다보고 있으면, 나를 언젠가 집어삼킬 악의도, 제대로 된 수영을 배우기 전에는 바닥에 발이 닿지 않아 끊임없이 가라앉을 차갑고 시꺼먼 바닷속 같은 불안도 결국 부서지고, 닿지 못해 다시 밀려나는 모습은 내게 마음의 안정을 가져다주었다.

이것은 오래전 우연히 보게 된 우키요에 화가 가쓰시카 호쿠사이의 그림 중 <가나가와 해변의 높은 파도 아래>를 보았을 때 처음 느낀 감정이었다.

거대한 파도가 덮치면 그 아래 위태롭게 떠 있는 배들을 집어삼키고 부술 것이 분명한 이 그림은 나에게 마치 안락한 의자가 제공되는 극장에서 공포영화를 보는 듯한 느낌을 가져다주었다.

생생한 파도의 묘사와 무기력한 인간의 묘사는 두려움의 감정을 불러일으키기에 충분했지만, 그림을 바라보는 나와 저 그림은 분명 다른 차원으로 분리되어있기 때문이다. 그래서 저 그림을 특히 좋아했다.

실질적인 위협이 될 수 없는 사악하고 위험한 존재들을 바라보는 것만큼 짜릿함을 가져다주는 것이 또 있을 수 있을까.

반면, Y는 내 상식으로는 전혀 이해가 되지 않는 사람이었다.

추위를 많이 타는 체질로 새벽 등산을 하고 나면 입술이 보랏빛으로 변하고 온몸을 사시나무 떨듯 떨어대는 저체온증 직전까지 도달하는 사람이었지만, Y는 등산을 좋아했다. 한겨울 혼자 지리산을 종주하는가 하면, 파도가 휘몰아치는 겨울 바닷가에 느닷없이 들어가 온몸이 쫄딱 젖고, 다음 날 열병 감기로 고생을 하더라도 「그래도 재밌었지?」라며 웃는 사람이었다.

Y와 함께 이런저런 이야기를 나누다가 <가나가와 해변의 높은 파도 아래>를 함께 보게 되었을 때, Y는 이렇게 말하기도 했다.

「저기 배에 타고있는 사람들은 좋겠다.」

「왜...? 저거 거의 죽음이 확정된 상황인데?」

「아니, 그래도 죽기 전에 저런 것을 눈앞에서 볼수 있잖아.」

「야 요즘 기술이 얼마나 발달했는데, 드론으로 날려서 찍은 영상을 보면 되지, 꼭 목숨을 걸어야 하냐.」

「에이 그래도 실제로 눈앞에서 보는 거랑, 영상으로 보는거랑 같나.」

그때 나는 저 여자가 늘상 그렇듯 허세 또는 객기를 부리는 것이라고 생각했다. 도자기를 만드는 Y는 전형적인 예술인이었고, 대개 젊은 예술인들이 그러하듯 자신의 불안정한 삶과 자세히 알 수 없는 과거에 움찔대며 때때로 자기 자신을 지나치게 비하하기도 하는 유약한 영혼의 소유자였다. 무언가를 지나치게 사랑하면서도, 자신을 옭아매는 것(이를테면 책임이나 관계)에 대해서는 칼같이 끊어내는 모습에서 경계성인격장애를 떠올리게 했지만, 여느 신화의 창세기에 창조주의 일부에서 악이 탄생했다는 구절과 같이 Y의 겉모습은 보편적인 타인의 시선에서 사랑받기 충분한 조건을 갖추고 있었다.

큰 눈과 희고 맑은 피부, 오똑한 코, 깨끗한 목소리는 구태여 추가적인 설명을 가져다 붙이지 않아도 미인의 전형이 갖춰야 할 요소들이었고, Y는 운 좋게도 그런 유전자를 물려받아 본인 내면의 어둠과 별개로 꾸준히 타인의 관심을 받았다.

나는 그런 Y를 별로 좋아하지 않았다. 미래에 대한 불안이 정점으로 치닫던 시절, H 선생님에게 「사람은 왜 사는 것입니까?」라고 물었을 때, 선생님께서는 「사람은 영혼을 성숙시키기 위해 산다고 생각해요.」라고 대답해주었던 것을, 내 멋대로 해석해서 그런 것일지도 모르겠다. 나는 적어도 함께 세상을 살아가는 것들에 책임을 가져야 한다고 생각했다. 그런 면에서 운 좋게 사랑스러운 외모를 가지고 태어나 타인의 관심과 친절을 꾸준히 받아오면서도 그것을 교묘히 이용해 관계에서 우위를 점하고 자기 마음대로 살면서 아무런 책임도지지 않는 Y는 내 시선에서 미성숙한 영혼의 전형이었다. 28살의 나이에 그간 갈아치운 남자친구가 13명이나 된다는 것도, 가장 길게 연애한 기간이 1년이라는 것도 마음에 들지 않았다.

그렇지만 그것에 대해 딱히 Y에게 싫은 소리를 한 적은 없다. 다 각자의 인생이 있겠거니 라고 생각하며, 특별히 Y와 가까워지지 않는다면 내게 피해올 일이 없을 테니 구태여 말을 꺼내 정신적으로 피로한 일을 만들고 싶지 않았다. 그런 Y는 외려 나를 편안하게 생각했던 것 같다. 듣기 민망한 과거 이야기를 서슴없이 하기도 했고, 어린 시절 부모님과 관련된 추억들을 들려주기도 했다.

보통 사람이라면 숨기고 싶었을 학창 시절 겪었던 끔찍한 일을 이야기하기도 했는데, 중학교 시절 또래에게 성폭행을 당했다던 Y는 그날 이후로 이성과의 관계를 유지하는 것이 어려워졌다고 했다. 게다가 엄마에게 이 이야기를 했을 때, 엄마는 되려 Y가 조신하게 행동하지 않아서 그런 일을 당한 것이라며 Y를 다그쳤고 Y는 그날 이후, 학교 수업을 거부하고 주로 학교 옥상에서 시간을 보냈다고 말했다. 학교 다닐 때는 동성 친구들에게 집단 따돌림을 당했었고, 그래서 주로 남자애들하고 어울려 다녔다는 이야기도 했다. 친하게 지내던 남자애들 셋이 있었는데 자기까지 포함해서 총 4명이 한 방에 각자 드러누워 만화책을 보거나 누워서 빈둥거리는 것이 질리면 악기를 연주하곤 했단다.

세상에 다양한 인간군상이 있다고 하지만, 나는 Y같은 사람을 본 적이 없었다. 한편으로는 Y가 안쓰럽기도 했지만, 왜 나에게 이런 이야기를 하는지 이해할 수 없었다. 나나 Y나 서로에게 이성적인 호감을 가지고 있지 않았고, 나는 Y같은 사람을 별로 좋아하지 않았다. 가끔 만나서 이야기를 하거나 밥을 먹기는 했지만, 나는 Y와 특별히 친하다고 생각하지도 않았다.

시간이 흘러 여느 관계가 그렇듯 서로의 삶이 바빠졌다는 핑계로 관계의 무대가 막을 내린지 약 6년의 시간이 흐르고, 각자의 삶을 살다가, 우연히 SNS로 Y의 소식을 알게 되었다. 약 2년 전 Y는 독일인과 결혼했다. 생각해보면 Y는 언어적 재능이 출중했었기에 아마 독일어도 금방 배웠을 것이고 그 재능이 분명 외국살이에 십분 영향을 발휘하지 않았을까 생각했지만, 불안하고 위태로워 보였던 Y가 독일까지 건너가 사랑을 찾고 결혼까지 할 수 있게 되었는지는 여전히 상상하기 어려운 영역이었다. 짚신도 짝이 있다는 말처럼 어딘가에 있을 자신의 반쪽을 용케 찾아낸 부분에 대해 한편으로는 부러운 마음도 들었다.

「이야 결혼 축하해. 네가 결혼을 다 했네.」

(읽지 않음)

　부러운 마음 반, 진심으로 축하하는 마음 반으로 Y에게 축하의 메시지를 전했지만, Y는 메시지를 읽지 않았다. 평소 Y는 SNS를 잘 하지 않는 성격이었으니 그냥 그러려니 하고 넘겼으나, 오랜만에 이전 직장동료와의 술자리에서 Y의 이야기를 들을 수 있었다.

　Y는 타국살이에 지독한 외로움을 느꼈고, 남편만으로는 채워지지 않는 공허감에 다른 나라로 여행을 가곤 했다고 했다. Y가 주변인들에게 이야기하기로는 언어적 재능이 뛰어나 독일어도 곧잘 했지만, 언어라는 것은 단순히 단어와 문장의 나열이 아니라 그 나라의 문화와 개인의 감정이 뿌리 깊게 얽혀 있는 것이었으므로, 자신의 감정과 상황을 설명하는 것이 몹시 어렵다고 했

으며, 그 덕에 가끔 감당하기 어려운 외로움이 찾아온다고 했다. 그 외로움으로 다른 부정한 일을 벌이지는 않았지만, 남편과의 관계가 빠르게 소원해졌고, 그러다 결국 이혼 절차를 밟았다는 이야기도 들었다.

이야기를 듣고 뭔가 심란한 기분이 들어 집으로 돌아오는 길에 편의점에 들러 맥주를 한 캔 사고 집에 오자마자 다시 SNS 메시지 창을 확인했다.

「이야 결혼 축하해. 네가 결혼을 다 했네.」
(읽음)

「고마워. 넌 어때? 잘 지내?」
Y에게 메시지가 와있었다. Y의 상황을 대강 알고 있었기에 아무렇지 않은 Y의 답장에 무어라고 대답을 해야할지 잠시 고민했지만, 오래전 파도 이야기가 떠올라 망설이던 손가락을 움직였다.

「나야 잘 지내지. ㅋㅋ아, 너 그때 그 파도 그림 우리 같이 보던거 기억나? 일본풍으로 그린거 있잖아.」

「아, 그거? 알지. 근데 그건 갑자기 왜? 뜬금없이」

「아니 그냥 너랑 정말 오랜만에 연락하는 건데, 너 생각하면 그 그림 생각이 나서. 그 파도 그림 보면서 너 거기에 있는 배에 탄 사람들 부러워했잖아.」

「아 그랬지...」

「지금도 그래? 사람은 잘 안 변한다는데 그대로인가?」

「아냐, 지금은. 안 부러워.」

「엥? 이야 Y가 사람이 변했네? 왜 안 부러워졌는데.」

「그냥, 그건 너무 위험하잖아.」

「언제는 안 위험했나. 네가 이제 좀 뭔가 철이 들었구만. 위험한 것도 알아 보게 되고.」

「그렇지. 그땐 참 무서운 것이 없었는데, 차라리 그러다가 죽어버렸으면 하는 생각도 있었고.」

어딘가 무게감이 실린 말에 잠시 뭐라고 대답해야 할지 생각할 시간이 필요했다. 하지만 생각하는 시간이 길어지면 길어질수록 상황은 본래 대화의 의미보다 심각해질 가능성이 높았기에, 그저 웃음으로 빠르게 넘길 수 있을 만한 말을 던지기로 했다.

「죽긴 뭘 죽어 젊은 아가씨가.」

「나 아가씨 아니야.」
「아 그래 너 결혼했지.」

「응, 그리고 이혼도 했어.」

중간 크기의 파도가 여러 번 밀려오다가, 이제는 정말 큰 파도가 우리를 집어삼키려 하고 있었다.

피해자

Y의 이혼 소식은 맑은 물에 떨어뜨린 물감 한 방울과 같이 기이한 궤적을 그리며 마음속에 파동을 만들어냈다. 상황이 만들어내는 거대한 파도가 일어나 Y와 나를 집어삼키려 들었지만, 막상 내 마음에 미치는 충격은 그에 비해 소소한 것이었다. 지인이기는 하였지만, 내 일은 아니었기에 그 마음을 온전히 헤아릴 수 없었던 이유도 있었지만, 어쩐지 평소 주변의 것들을 신경 쓰지 않고 위험을 기꺼이 감수하면서까지 무언가를 찾고 있었던 Y에게 이혼은 살면서 한번은 거치는 의연한 통과의례일지도 모른다는 생각이 들었기 때문이다. 그러나 나의 생각과는 별개로 Y에게는 견뎌내기 어려운 상황일 수 있었기에 조곤조곤 위로의 말을 건네기로 했다.

「그랬구나, 야 너 괜찮아?」

「힘들지.」

세상에, Y의 입에서 힘들다는 소리가 나오다니. 힘들면 차라리 도망칠지언
정 입 밖으로 힘들다는 이야기를 내뱉는 Y가 아니었다. 얼마나 힘들었길래
대번에 힘들다는 이야기를 꺼내는지 짐작하기 어려웠지만, 무슨 말이라도 건
네야 한다고 생각했다.

「니가 얼마만큼 힘든지 차마 다 알 수는 없지만 그래도 힘들 때 힘들다고 말
해줘서 고맙다야.」

「ㅋㅋㅋ괜찮아 너무 걱정하지마」

「다 같이 잘살아야지.」

「그래 그래야지. 그래도 말할 데라도 있어서 좀 낫다.」

「뭐든 어려운 일이 있으면 나누고 살아야지.」

「ㅋㅋ좋네. 나 그럼 하나만 더 얘기해도 돼?」

「뭔데?」

「나 이번이 두 번째 이혼이야.」

 Y의 이야기가 어디서 어디까지 흘러가게 되는 것 인지 좀처럼 감을 잡을 수 없게 되었다. 이야기를 나누면 나눌수록 새로운 형태의 물결들이 대화의 틈 바구니에서 새어 나왔다. Y의 말에는 어디든 습한 기운이 가실 기미가 보이지 않았다.

「그래? 아니, 못본 6년 사이 동안에 너 진짜 많은 일이 있었네.」

「많은 일이 있었지 정말. 그 첫 번째 전남편 그 새끼 때문에 노아랑 헤어진 걸 보면 진짜 끔찍한 6년이었다.」

 Y의 직전 독일인 전남편은 노아라는 이름을 가졌다. 가끔 뜬금없는 단어에 꽂혀 머릿속에서 상상이 펼쳐지곤 하는데, 이번에는 노아라는 이름으로부터 이야기의 맥락과 상관없이 노아의 방주가 자연스럽게 연상되었다. 격렬하게 휘몰아쳤을 Y의 감정이 홍수가 되었을 때 고고히 방주 위에 올라 Y의 곁을 떠나는 그런 장면 말이다. 알고 있던 성경 속 이야기와는 전혀 다르지만, 내게 익숙한 Y의 성격과을 덧붙이면 아마 이런 느낌이지 않았을까라는 생각에

저절로 그려진 상상이었다. 그래도, 시간은 많은 문제를 해결해주곤 한다. 내가 알던 Y로부터 꽤 긴 시간이 지났으니 Y도 어쩌면 꽤 괜찮은 사람이 되었을지도 모른다. 관계에 책임을 다하고 서로의 허물을 덮어주며 상처를 끌어안아 줄 수 있는 그런 사람 말이다. 그래서 앞으로 Y가 하는 이야기들이 다시 한번 관계에서 도망치는 비겁한 자기합리화가 아니길 바랐다. 특별히 Y를 위해서 그렇다기보다는 이 나이쯤 되니, 그런 식의 이야기를 듣는 것이 몹시 피곤하기 때문이다. 누구의 잘잘못을 가리는 이야기도 아니지만 그렇다고 해서 무작정 편을 들어주며 '그래 그놈이 잘못했네.'라고 하기에도 꺼림직한 느낌이 드는 데다, 참다못해 '그건 네가 잘못 생각하고 있는 거야.'라는 식으로 이야기했다가 내가 잘 알지도 못하는 한 개인의 과거를 두고 논쟁을 벌이게 될 수도 있기 때문이다. 그렇지만 Y의 첫 번째 남편이 어떤 식으로 Y와 두 번째 남편인 노아와 헤어지게 되는데 일조했는지는 상상하기 어려운 부분이다. Y의 영혼이 지난 시간만큼 성숙했든 아니든, 일반적으로 이미 지난 인연이 현재의 관계에 영향을 미치는 일은 '너는 내 운명'과 같이 영화나, 뉴스에서 가끔 접하는 자극적인 사건이기 때문이다.

「전남편이 어땠는데? 아니, 그 사람이 어떻게 했는데 그렇게 된 거야?」

「그 새끼가 연애할 때랑 결혼한 이후 사진들 노아한테 다 보냈어.」

「뭐? 아니 왜? 그걸 떠나서 그걸 보낸다고 뭘 어쩌겠다고.」

「말하자면 길어. 그냥 걔랑은 나는 잘 안 맞았거든. 그래서 헤어지자고 했더니. 그걸 못 받아들이더라고. 그러다 노아를 만나서 결혼한 걸 어떻게 알았는지 노아 인스타 디엠으로 사진을 보낸 거야.」

「노아라는 분은 그래서 어떻게 했는데?」

「노아가 그 사진들 받고 나한테 이야기하기는 해줬는데 그 새끼가 노아한테 무슨 말을 어떻게 했는지 알 수 없어도 노아가 점점 나한테 멀어지더라고.」

'남녀 간의 사랑은 독점적이어야 하니까.'라는 문장을 썼다가 다시 지웠다. 대신 첫 번째 남편에 대해 물었다.

「그 첫 번째 남편하고는 어떻게 헤어진 건데?」

「그냥 잘 안 맞았어. 성격이.」

「그래서 그냥 그렇게 헤어진 거야?」

「자기는 죽어도 이혼 못 한다고 울고불고, 자살하겠다고 하고 그랬는데, 이미 감정이 식은 것을 어떻게 하겠어. 누구 말대로 사랑은 동정이 아니잖아.」

「그래... 그렇지. 그런데 왜 감정이 식었는데?」

「그냥 뭔가, 서로 함께 있을 때 점점 대화도 적어지고, 가끔 그 사람이 이기적인 때도 있는 것 같고... 내가 이런 것을 하나하나 기억하기가 참 힘들어. 무엇 때문에 그렇게 서운하고 그랬는지. 아, 그 사람한테 이거 마음에 안드니까 고쳐달라고 하면 말은 알았다고 하면서 잘 안바뀌더라. 그리고 거기에대해서 또 뭐라고 하면, 막 자기를 방어하기 위해서 변명을 하더라고. 그래서 그러지 말라고, 사람이 왜 그렇게 자기를 방어하려고 하냐고 하면서 그렇게 말하지 말라고 했지. 그 새끼는 자기가 끝까지 뭘 잘못했는지 모를 거야 아마.」

「그래 그렇겠네...」

「그렇지? 내가 그 사람하고 살면서 가끔 속이 너무 답답해서 저절로 멍해지고 그랬다니까. 조금이라도 더 같이 살았다가는 내가 죽을 것 같더라고.」

Y는 그저 그렇게밖에 살 수 없는 사람인 것 같았다. Y는 나름대로 참고 견뎌왔겠지만, 그 수준이 보편적으로 우리가 익숙한 사회의 합의 수준의 밖에

있었고, 불행히도 그것은 Y와 관계를 맺어온 사람들과 합의되지 않은 일방적인 것이었다.

Y는 첫 번째 남편과 헤어질 때 '미안하다'고 사과했다고 했다. 그렇지만 사과는 그런 식으로 하는 것이 아니다. 모범적인 사과의 형태는 상대가 입은 피해를 최선을 다해 복구하려는 노력을 하며, 같은 일이 두 번 다시 반복되지 않으리라는 믿음을 주는 것이다. 오래 살지는 않았지만, 그간 다양한 갈등을 마주하다 보니 느끼는 것이 그렇다. 미안하다는 말 한마디를 남겼다고 죄다 사과가 되는 것은 아니었다. 어떤 경우에는 그것은 되려 상대에 대한 기만이 되기도 했다.

「노아씨는 너한테 사과했어?」

「미안하다고 했지.」

「너는 괜찮아?」

「뭐가?」

「노아씨 한테 미안하다는 말을 들었을 때, 괜찮았냐구.」

「당연히 안 괜찮았지. 그렇지만 어떻게 하겠어. 상대방이 싫다는데.」

「같이 첫 번째 남편 그 사람 고소라도 하지.」

「말이야 쉽지. 돈도 많이들고, 무엇보다 정신적으로 너무 지쳐. 가정도 다 쪼개지는 거 어떻게든 붙들고 있는 것도 힘든데 고소니, 복수니 하는 것들.」

생각이 복잡해졌다. 무엇이 Y를 이런 상황에 내몰리게 했을까. 이전에 맺었던 인연을 잘 정리하지 못한 까닭이었는지, 아니면 Y가 그간 살아오면서 만들어진 성향 때문이었는지, 그것도 아니면 그저 인과율에 따른 업보 때문인지. 혹은 그 전부인지. 생각해보면 불행하게 살고 싶은 사람은 아무도 없듯이 Y도 자신의 행복을 위해 할 수 있는 한 최선의 선택을 했을 것이다. 학창 시절 불행을 겪었을 때, 가장 믿었던 사람이 자신의 감정을 받아주지 않은 일로부터 빚어진 자기방어의 수단으로 지금의 모습이 만들어진 것일지도 모르지만, 그 결과가 불행으로 치닫길 바란 적은 없었을 것이 분명했다.

나는 Y같은 부류의 사람을 좋아하지 않는다. 관계에 무책임하고 자신의 감정과 상황을 최우선으로 생각하는 이기적인 사람하고는 어떤 형태로든 깊은 관계가 되고 싶지 않다. 그렇지만 Y는 사랑받고 싶고, 행복하고 싶은 사람임에는 변함이 없다. 나 역시 때때로 관계에서 비겁하고 무책임한 사람이었음을 생각해보면 Y로부터 동질감을 느낄 수 있는 내 삶의 작은 파편을 발견할 수 있을지도 모른다. 그래서 Y에게 말했다.

「괜찮아. 네 잘못이 아니야.」

몇 분 뒤, Y의 메시지가 도착했다.

「고마워.」

갑자기 찾아오는 것들.

M은 못생겼다. 거무튀튀하고 화강암을 연상케 하는 피부에 주먹코, 작은 눈, 작은 키는 어린 시절부터 여자들에게 남성이 아닌 하나의 덜떨어진 인류 정도로 인식되기 충분했다.

그래도 불행 중 다행으로 M에게는 공부 머리가 있었고, 못생긴 외모로 기인한 소심한 성격 탓에, 동성 친구조차 몇 없었으므로, 원치 않게 가질 수밖에 없었던 사색의 시간으로 인해 나름의 삶의 철학을 가지고 있었다. 그런 M의 장점을 아는 친구들은 M의 매력에 한없이 빠져들어 영혼을 탐색하는 시간을 즐기곤 했지만, 대개 청소년기 남자아이들이란 좋아하는 것이 분명했다. 보통은 운동장에서 축구나 농구를 즐기거나, 교실에서 슬리퍼를 날리며 놀았고, 하교 이후에는 PC방에 가서 게임을 했다. M은 어린 시절부터 뿌리 깊게 자리 잡은 외모에 대한 열등감으로 언제나 구부정한 자세로 다녔고, 앞머리는 최대한 눈썹 아래로 내려 기르며 조금이라도 얼굴을 가리려고 했다. 대개 검은색 후드티를 입고 다니면서, 옷에 달린 모자를 머리 깊숙이 눌러썼다. 그러다 보니, M은 자연스럽게 어린 나이임에도 척추측만증으로 고생했고, 혼자 책을 읽거나 영화를 보는 것으로 시력을 혹사해, 자연스럽게 높은 도수의 안경을 착용했다. 그렇게 물 흐르듯 운동과는 거리가 멀어졌고, 불행하게도 M은 게임 실력도 형편이 없었다.

사정이 이러하다 보니 M은 학창 시절 반에서 한 명 정도는 꼭 있을 법한 '조용하지만 공부는 잘하는 친구' 정도로 인식되었고, 가끔 급식을 같이 먹는 한두 명의 친구 외에는 어울리는 사람이 없었던 것으로 기억한다.

그런 M의 소식을 접하게 된 것은 십수 년이 지난 2024년의 일이었다. 존재감 없던 친구였던 기억과는 달리 M은 인터넷 기사에 실릴 정도로 유명 인사가 되어있었다.

M은 살인자가 되어있었다. 동창들 사이에서 떠들썩했던 M의 살인사건은 처음에는 'M이 그럴 리 없다.'로 시작해, 얼마 지나지 않아 '그 녀석 언젠가는 그렇게 될 줄 알았다.'로 끝났다. 학창 시절 M이 쉬는 시간에 혼자서 샤프를 가지고 나무 책상 모서리를 파는 모습이 섬뜩해 보였다던가, 무언가를 중

얼거리며 귀에 이어폰을 꽂고 고개를 까딱이는 모습이 소름 끼쳤다는 등의 지금으로써는 확인할 길 없는 과거의 이야기들이 난무했다. 특히, 학교에서 다들 슬리퍼 형태의 실내화를 신었는데, M만 유독 초등학교 때나 신었을 법한 신발형 하얀 실내화를 신고 다니고, 신발주머니도 매번 들고 다녔다는 것을 봤다며, 어딘가 가정에 문제가 있지 않겠느냐는 말이 돌았는데 내 기억에는 M이 특별한 모양의 신발을 신고 다닌 기억이 없었다. 어떻게 다들 그리 오래전 이야기를 어제처럼 생생하게 기억할 수 있는지 의아했지만, 그들의 이야기가 사실이건 아니건 그것은 중요하지 않았다. M은 무미건조하고 답답한 사람들의 현실을 잠시 벗어날 수 있는 자극적인 도구에 불과했기 때문이다. M의 끔찍한 사건을 동창들은 거리낌 없이 소비했다.

22살 무렵, U가 자살했을 당시에도 그랬다. 대학에 번번이 떨어지고, 가정 형편도 좋지 않아 신세를 비관해서 자살했다는 것이 주된 지론이었지만, 사실 그 누구도 U가 왜 자살해야만 했는지에 대해서는 명확히 알지 못했다. 개중 누군가는 U의 자살을 교묘하게 이용하기도 했다.

대학 3수 생활을 하던 P는 고향을 떠나 서울에서 부모님이 주는 돈으로 재수학원에 다니고 있었지만, 공부에는 통 관심이 없었다. 그는 부모님이 주는 생활비로 종종 또래 친구들과 홍대에서 술을 마시거나 여자를 꼬시며 놀았고, 노는 것에는 재주가 있었던 P는 2010년대 홍대 골목에서 나름 알아주는 한량이 되어있었다. P는 돈이 떨어지면 아는 형, 아는 누나 가게에서 아르바이트를 하거나 일용직에 나가 술 마시고 놀 돈을 벌었고, 가끔 부모님의 걱정어린 전화를 받는 날이면 양심상 다음날은 재수학원에 출석하기는 했지만, 그때 뿐이었다. 그러다 예고없이 서울로 올라와 타지에서 공부하느라 고생하고 있을 아들을 만나러 온 P의 부모님에게 그간 P의 행적이 낱낱이 밝혀지고 말았고, P는 그날부로 다시 고향에 붙잡혀 내려갔다. 이 사건으로 인해 이후, P와 부모님의 사이에 형언할 수 없는 형태의 금이 갔음은 불을 보듯 뻔했지만, 그 즈음 U가 자살했고, P는 부모님에게 이렇게 이야기했다.

「엄마, U가 죽었대요. 자살이래요. U 알죠? 엄마도. 걔 학교 다닐 때 그래도 공부 좀 했었는데, 이번에도 공부가 잘 안됐는지 대학에 떨어졌거든요. 걔네 집이 좀 형편이 어렵긴 했었는데, 그 와중에 대학까지 떨어지니까 아마 많이 힘들었을 거에요...아. 아뇨, 그렇게 막 많이 친한 친구는 아니에요. 그렇게 친한 친구가 아닌데 또 그렇게 갔으니, 사실 장례식장에 안가는게 더 낫지 않을까하는 생각도 들고요. 그래도 엄마 아들이 다른건 몰라도 정신건강은 좋잖아. 하하하」

P는 그날 이후로 부모님이 자기에게 잘해준다며, 내게 자랑스럽게 이야기했다.

이번 M의 살인사건도 크게 다르지 않았다. 어느새 30대를 넘긴 동창들은 결혼이나 연애, 사업, 직장에서의 일 등으로 나름 버거운 인생의 무게를 짊어지고 살아가고 있었다. 대부분의 일들이 뜻과 달리 전혀 다른 방향으로 흘러갔고, 아무리 발버둥 치고 노력해봐도 절대 불가능한 것이 존재한다는 것을 몸소 경험하고 있기도 했다. 30대를 넘기는 나이는 생각보다 상징적이었다. 나와 동창들은 지금까지 배워왔던 사실들이 사실은 그렇지 않을 수도 있다는 것을 알아가기 시작했고, 특히 모든 것은 내가 흘린 땀만큼 정직한 노력으로 극복 가능하다는 말은 어린 시절 울지 않으면 선물을 준다는 산타와 맥락을 같이하는 말임을 깨닫기 시작하면서, 자신은 이 세상을 유지하는데 필요한 아주 작은 톱니바퀴지만 언제든 대체될 수 있는 그런 작디작은 소모품에 불과하다는 불편한 진실을 서서히 받아들이 수 있게 되었다. 그렇다고 해서 이러한 사실들을 모두 마음에 담을 정도로 영혼이 성숙한 것은 아니었기에 우리는 어딘가 한군데씩 고장 난 마음들을 매일 밤 침대에 누워 의미없는 유투브 쇼츠로 달래고, 아침 출근길에 양산형 '이 세계물 웹툰'을 보면서 잠시나마 답답한 현실을 벗어나고 싶어 했다.

「우리 딸, 우리 아들 최고! 어쩜 이리 잘생기고 예쁘고, 똑똑할까! 누굴 닮아서 그래?」

「엄마 닮아서 그렇지!」

「아유 내 새끼 이쁘기도 하지.」

이미 어른이 되고도 한참이 지났지만, 무얼 해도 이뻐해 주던 어린 시절 엄마의 기억들은 다들 생생했다.

그리고, 지금 짊어진 무거운 짐을 잠시라도 내려놓고, 그저 조건 없이 사랑받던 그때의 감각을 다시 느껴볼 수 있다면 무엇이라도 할 수 있었다. 사랑하는 연인이 볼을 쓰다듬는 손길에는 어떠한 조건이 있으리라고 생각되는 것은 숱한 소통의 부재와 배신의 결과물이리라. 그래서 그들은 M의 살인으로부터 잠시나마 가슴을 짓누르는 삶의 무게를 잊고, 가차없이 M을 물어뜯었다. 주변에서 일어난 실화는 자신의 삶이 그리 최악이 아님을 생생하게 느끼게 해주었기 때문이다. 이들이 부모님에게 전화해서 '엄마, M이 사람을 죽였대요. 인터넷에 떴어요.'라고 말하는 것은, 마치 어린 시절 학교 글짓기 대회에서 상을 받아 자랑하는 것과 크게 맥을 달리하지 못했다. 그때와 다른 것은 더 공고히 쌓인 사회생활의 경력으로 좋지 못한 소식을 전하는 목소리 톤이 무엇인지 알았다는 것이었을 뿐이었다. 이 끔찍하고 불행한 소식을 듣는 부모님이 내 자식에게 그런 일이 일어나지 않아 다행이고, 부족하나마 남에게 해를 끼치지 않는 착한 아이로 자라줬음에 기특하게 여겨줬으면 하는 어린 마음으로 약간 흥분되고 빨라지는 말투조차 숨길 수는 없었지만 말이다.

모두가 M이 그래서 왜 사람을 죽였는지는 크게 관심이 없었다. 뉴스에서 결혼을 약속한 여자가 이별을 통보했기 때문이라고 밝혔던 것도 있었지만, M의 이야기보다는 술김에 '그 외모에 여자를 사귈 수 있었다니'라는 말로 시작해서 '요즘 사회의 데이트 폭력과 안전 이별에 대한 열띤 토론'으로 이어지고 말았다. 어쩌다 '그래서 왜 그런 거래?'라는 말이 나올라치면, 그런 살인자의 사정 따위야 알 필요 없다는 식으로 빈정대는 답이 돌아왔다. 그와 같은 학교 출신이라는 것이 상당히 불쾌하다며, 학창 시절부터 낌새가 좋지 않았다느니, 그런 애들은 일찌감치 격리해서 따로 수용해야 한다느니 라는 식의 말도 심심치 않게 들려왔다.

어느 날, 동창들이 모인 술자리에서 어김없이 M의 이야기가 나왔고, 모두가 알코올이 머릿속을 휘젓고 다닐 때쯤,

「야 너도 예전에 걔 20살 때인가 남자친구가 바람나서 걔 죽이니 살리니 그러지 않았냐?」

라며, 누군가가 보편적인 테두리 안에 머물며 암묵적으로 그어놓은 선을 잠시 넘기 시작했다.

「야, 그러면 바람 피는게 맞냐? 그리고 말이야 다 하지. 실제로 사람을 죽이는 거랑 같냐」

「아니야 걔 그때 막 나한테 울며불며 난리 치면서 인터넷에다가 막 사람 죽

여주는 곳 찾고 그랬다니까. ㅋㅋㅋㅋ」

「미친 새끼네. 야 취했으면 곱게 집에 들어가. 여기서 지랄하지 말고.」

한번 넘은 선은 밀물이 시작된 바다처럼 감정을 담고 바위에 부딪치며 하얀 거품을 쏟아냈다. 그리고, 밀물이 시작된 바다는 항상 그렇듯 만조가 될 때까지 밀려드는 법을 멈추지 않았다.

「아니, 그때 그랬잖아 너ㅋㅋㅋ 아니 얘들아 진짜라니까? 얘도 막 사람 죽이려고ㅋㅋㅋ」

「야이 씨발 새끼야 그만하라고.」
「야 알았어. 장난이야 장난 미안해.」

분위기가 험악해지자 '그만해 왜 그래 다들 모였는데.', '그래 너가 말이 심했어', '야 너가 참아 얘가 원래 좀 그래 장난도 심하고.'라며 밀려드는 밀물로부터 잠겨들었을 두 사람을 끄집어 올리기 시작했다.

「뭐? 장난? 야 살인사건 난 걸 가지고 남의 옛날얘기 들추면서 장난? 그러니까 너가 좆소에서 연 3천 받고 있는거야. 능력이 없으면 눈치라도 있어야지.」

「너 말이 심하다? 야 친구끼리 좀 장난쳤다고 그렇게까지 말할 일이야? 15년도 더 넘은 옛날얘기 다들 하고 그러잖아.

야 진짜 친구니까 하는 얘긴데, 너 삶에 좀 여유를 가져. 그게 안되면 상담이라도 받아보던가. 왜 이렇게 예민하냐.」

'야야 다들 그만해 뭐 하는 거야 둘다.' '얘네들 다 집에 보내자 애들 술 많이 취한 거 같아.' '야 택시 잡아!' 주변을 의식하는 사람들이 먼저 나서서 싸움이 격해지는 두사람 사이에 끼어들어 떨어뜨렸다. 누가 봐도 두 사람은 이성적인 대화가 불가능했기에 싸움을 말리는 사람들이 나타나자 사람들은 서둘로 둘을 분리하고 집에 가는 택시에 태워 보냈다. 밀려드는 밀물은 사람의 힘으로 막을 수 없음을 다시 한번 체감할 수 있는 순간이었다.

M도 그랬을까. 한순간 밀려오는 밀물을 막을 수 없어서 그랬던 것일까. 아니면 원래 살인을 할 수 있는 유전적 정보가 M에게 박혀있어서 다른 사람보다는 M이 살인을 저지를 수 있었던 것일까. 나는 M이 아니기에 M이 진정으로 사람을 죽일 수밖에 없었던 그 이유와 마음에 대해 아무리 생각해도 이유를 찾을 수 없을 테지만, 한 가지 분명한 것은 있었다.

오늘처럼, M의 곁에는 분명 아무도 없었을 것이라고. 내가 기억하는 M은 못생겼고 소심했지만, 똑똑했고 생각이 깊은 사람이었다. 사람을 죽인 마당에 생각이 깊다는 것이 맞는 설명이 될지 모르겠지만, 그것은 어디까지나 지금의 결과를 두고 과거를 끼워맞추는 것에 불과할지도 모르기에 그냥 나는 나대로 생각하기로 했다. 그러고 보니, 술자리에서 싸운 두 사람은 학교 다닐 때도 M의 외모에 대해 제일 많이 놀리고 무시한 사람이었다. '쟤 나중에 결혼할 여자는 진짜 불쌍하다. 저 얼굴 맨날 봐야 하잖아.', '나 같으면 저 얼굴로 태어났으면 자살한다. 진짜.', 'M은 부모님 원망해도 될 듯. 유전자를 잘못 물려받았어.' 킥킥대며 M을 비웃고 아무렇지 않게 놀려대던 그들과 그 이야기를 들으면서 함께 킥킥대던 사람들도 생각났다. 그리고 M과 같은 처지가 아니라서 다행이라고 생각했던 나도 떠올랐다.

  나는 그간 불행은 갑자기 찾아온다고 생각했다. 사람은 미성숙하고 불완전한 만큼 자신에게 닥쳐올 불행을 예측할 수 없기도 하거니와, 불행을 바라는 사람은 없으니 어떠한 경로로든 맞이하는 불행은 당사자에게는 갑자기 찾아오는 것일 수 밖에 없다고 생각했다.

  그러나 자세히 들여다보면, 또 귀를 기울이면 보이고 들리는 것이 있었다. 나는 여태 그것들을 번번이 외면하고 부정해왔지만, 눈을 감고 귀를 틀어막는다고 있었던 것이 없어지는 것은 아니다. M도 그렇지 않았을까. 미성숙한 사람들이 만나 자신을 찾아온 불행의 씨앗들을 외면하고 시간이 흘러 자신도 모르는 새 '그래도 괜찮았네.'라는 생각이 자라날 즈음, 불행도 싹을 틔우고 열매를 맺어 M을 찾아갔다.

후속 기사에서 M은 감옥 안에서 몇 번이고 자살시도를 했다고 했다. 유가족들에게 미안하다는 내용의 편지를 썼으나, 자신이 죽인 여자의 행동과 자신이 벌인 일에 대해서는 후회하지 않는다고 말했다. M은 분노와 슬픔으로 가득 차 있었다.

사람들과 동창들은 입을 모아 M이 사이코패스라고 하기도 했고, 칼부림과 안전 이별, 폭력적인 남성이나 베타남에 대해 떠들어댔다. 그리고 제각기 자신의 도덕성을 자랑이라도 하듯 누군가가 '결혼할 여자가 어느 날 별다른 사유 없이 헤어지자고 하면 죽고 싶긴 하겠죠.'라는 식의 M을 옹호하는 듯한 말을 하면 그 사람은 살인마의 편을 드는 사람, 또는 잠재적 살인마가 되었다.

이쯤 되니, M이 원래 사람을 죽일 수 있는 사람이었건 아니 건은 별로 중요하지 않아 보였다. 사람들은 저마다 찾아온 불행의 씨앗들을 계속해서 저마다 방법으로 외면하고 있었고, 주로 부덕한 사연에 분노를 드러내며, 자기 존재의 정당성을 찾으려 애썼다. 그리고 이들은 각자의 방식대로 분명 불행을 맞이하게 될 것이다. 그들 자신이 스스로 예상하지 못한 어느 순간에, 예상하지 못한 방식으로.

M에게도 불행은 M이 예상치 못한 순간에 갑작스레 닥쳐왔을 것이다. 그리

고 불행이 닥쳐오기 전에도, 그 이후에도 M에게 눈을 크게 뜨고, 귀를 기울이며 자신의 불행과 마주할 수 있는 용기를 내라고 말해줄 사람이 M에게는 존재하지 않았던 것 같다.

나약하고 불완전한 우리는 끊임없이 영혼을 성숙시켜 나가야 하겠지만, 그 옛날 어린 시절 엄마의 사랑, 아버지의 무등을 한없이 그리워하며, 결국 또다시 미성숙한 마음으로 새로운 불행의 씨앗이 싹을 틔우게 만들겠지. 그러면서도 타인의 불행을 재료 삼아 자신의 도덕성과 존재감을 인정받고 싶어 하는 어리석은 마음으로 자신이 키운 불행이 찾아오는 날, 갑자기 찾아왔다며 이성을 잃고 모든 것을 저주하게 될지도 모른다. 나도 그렇고.

예쁘지 않은 J

J는 예쁘지 않지만, 환한 미소를 가진 사람이었다. J는 흔히 감정이 격해졌을 때 쉽게 내뱉는 비속어를 사용하지도 않았으며, 목소리 또한 격앙되거나 소리치는 법이 없었다. 마치 고요한 바다와 같이 잔잔함을 유지할 줄 아는 사람이었기에 모두가 J를 좋아했다.

말끔하게 뒤로 묶어낸 머리칼, 짧게 깎았지만 꾸미지 않은 손톱, 근처에 다가갔을 때 은은하게 풍겨오는 바디워시 향기는 그녀의 맑고 고요한 이미지를 어느 정도 그려낼 수 있다고 생각한다. 겉으로 보기에 J는 158cm의 작은 키에 62kg 정도의 체중이라 늘씬한 몸매를 가지지도 않았고, 피부는 여름 볕 태양에 그을린 듯 까무잡잡했다. 어두운 피부색이 무색하게 머리칼도 진한

흑발이어서 환한 미소와는 거리가 멀게 느껴질 수 있을지 모르지만, 그녀의 미소를 직접 눈으로 보고 말씨를 들은 사람이라면 하나같이 '참 좋은 사람같다.'는 말을 몇 번이고 반복해서 이야기하곤 했다. 그녀가 웃을 때면 살짝 벌어진 앞니와 덧니가 드러났지만, 하하하- 소리와 함께 꾸밈없이 크게 벌어지는 입과 자연스레 지는 눈가의 주름은 보는 사람도 기분좋게 만들기 충분했다.

  J는 말을 많이 하는 편은 아니었지만, 상대방의 웃음에 진심으로 화답하고 슬픔에는 진정으로 위로를 건넬 줄 아는 사람이었기에, 시간이 흐르면 흐를수록 J를 사랑하는 사람 역시 많아졌다. 그리고 나 역시 그중 한 명이었다.

  그런 J에게 어려움이 닥친 것은 3년 전의 일이다. 평소 심성이 착하기로 소문나있던 J는 여느 날 부모님이 위독하여 병원에 입원하였다는 전화를 받았고, 수술비가 긴급하게 필요하다는 말에 그동안 일하면서 모은 전 재산 5천만 원을 잘 알지도 못하는 계좌로 송금했다. 뒤늦게 이것이 말로만 듣던 보이스피싱 사기임을 알아차렸지만, 사실상 J가 할 수 있는 일은 거의 없었다. 경찰에 신고해보았으나 대포통장에 대포폰을 썼을 것이라 이런 종류의 사기는 잡기 어렵고, 일단 진정서를 작성하면 그 내용을 토대로 노력해보겠다는 어정쩡한 답변 외에 별다른 소득을 얻을 수 없었다. 사기를 당했다는 충격과 더불어 한순간 경제적으로 어려운 상황에 놓인 J는 거의 매일 울다시피 하며 일도 그만두고, 사람조차 만나지 않으면서 집에만 틀어박혀 있었다. 그러나 사람들이 기억하는 J는 맑고 고요한 사람이었다. J는 언제나 따뜻한 말로 주변 사람들의 마음을 어루만져 주었으며, 사람들은 J의 환한 미소로 적잖은 위안을 얻어왔다. 그에 맞춰 갑자기 J가 연락이 닿지 않자 J를 아끼던 사람들은 J를 찾기 위해 부단히 노력했고, J의 집에서 안타까운 사정을 전해 들은 사람들은 저마다 한 푼씩 모아 약 천만 원이 조금 넘는 돈을 J에게 전달했다.

「J야 너무 걱정말고, 여유가 생기면 그때 갚아. 기운내고」

금전적 도움을 주지 못한 이들은 반찬이나 먹을거리를 들고 J를 찾아가 함께 밥을 해 먹었다.

그리고 그렇게 사랑받던 J가 얼마 전 결혼을 했다. 좋은 말로 수수한 외모, 길게 묶은 머리에는 때때로 잠버릇이 묻어나는 그런 예쁘지 않은 J였지만 환하게 웃는 미소는 아름답다는 말이 참 잘 어울렸다.

살다 보면 예고 없이 찾아오는 불행에 무너지고 흔들리기도 하지만, J의 미소는 내 바람보다 더 오래 지속되길 바란다.

마치 그 옛날 J와 내가 나누었던 대화처럼.

"야, 우주는 엄청 넓잖아."

"그렇지?"

"바다도 엄청 넓고."

"그치 넓지."

"근데 왜 하늘은 까맣고 바다 깊숙한 곳도 까만 걸까."

"그러게, 그냥 텔레비전 같은 것이 아닐까. 전원을 꺼버린 티브이의 지지
직- 소리는 저 멀리 제자리를 벗어난 별들의 단말마 같은 거니까."

"그게 뭐야 ㅋㅋㅋ"

"나도 몰라. 그래도 까맣다고 아무것도 없는 건 아니잖아. 저 별들 모두 너
를 위해서 빛나고 있는 거고."

"나를 위해서? 그럼 너는?"

"나는 이미 넘치게 사랑받고 있잖아. 날 봐 좀 예쁘니."

"그래, 좋겠다."

"그러니까, 때때로 다 포기하고 가라앉고 싶어지면 날 생각하라고."

지도 작가
후기

후기

겁이 났다. 글쓰기를 전문적으로 배운 적도 없는 내가 꼴랑 책 두 권 만들고 누군가의 글을 가르친다는 것이 말이다. 내가 쓰는 방식이 정답도 아닌데, '어떻게 가르쳐야 하나'라는 걱정이 앞섰지만, 수업 제안이 들어왔던 2023년은 이미 이상한 해였다. 시도하지 않았던 일들을 자처했던 덕분에 겪어본 적 없었던 일들이 끝이 보이지 않는 듯 줄을 서있었다. 이왕 이렇게 된 거 마지막까지 롤러코스터를 타듯 지내보는 것도 괜찮지 않을까. 그렇게 해서 시작했던 글쓰기 수업, '오늘의 업적'.

사실 '오늘의 업적'이라는 같은 제목으로 1년이 넘게 매일 같이 글을 써왔다. 이 글을 쓰기 시작한 이유는 단순했다. 그즈음, 나는 반복적으로 '오늘 아무엇도 한 것이 없어'라고 외쳐댔다. 나름대로 열심히 살고 있다고 여겼는데, 하루의 끝에서는 공친 느낌이라니. 이건 아니었다. 그래서 글을 쓰기 시작했고, 매일의 인증처럼 그날 있었던 소소한 일들을 적어 내려갔다. 처음엔 마치 번호를 나열한 할 일 목록 같은 느낌이었다. 그렇게 일주일이 지나 한 달, 석 달, 육 개월, 어쩌다 일 년이라는 시간이 흘렀고, 지난 글 속의 나와는 사뭇 다른 사람이 하루의 끝을 맞이하고 있었다.

주어진 24시간을 포기하지 않고 어떤 선택을 하며 '오늘을 살아내었어'라는 것-내가 정의하는 '오늘의 업적'이다. 나에게 일어난 일들을 마주하고 글로 옮겼으나, 글을 쓰기 위해 일부러 일을 만들지는 않았다. 눈 뜬 순간부터 그날의 마지막 일정까지 돌이켜보고 결과가 어떻든 그것을 받아들이는 일, 이것이 글을 쓰는 이 순간 내가 할 수 있는 마음가짐이다.

더 이상 나는 '오늘 아무것도 한 것이 없다'라며 자책으로 하루를 마무리하지 않았다.
그것만으로도 큰 변화였다.

내가 경험했으니, 나누고자 했다. 마침, 글쓰기 수업 제안이 들어왔고 나 혼자 해보았던 일을 함께해 보면 어떨까 싶었다. 그렇게 청년지원공동체 소울에서 24주간의 글쓰기 수업은 시작되었다.

세 문장을 만드는 것부터 연습하고, 점점 늘려서 열 문장, 스무 문장을 작성하다 어느 날엔 수강생들이 A4용지 한 장을 넘어가는 과제를 거뜬히 제출했다. 수업 때 진행하는 피드백도, 처음엔 서로 어려워하다가, 의견을 교환할수록 글이 세련되어지자 차츰 피드백의 필요성에 대해 자연스럽게 인지하는 분위기로 변해갔다.

더위가 끔찍했던 여름이 가고 어딘가로 훌쩍 떠나기 좋은 계절에 접어들었을 무렵 시작했던 수업은, 유난히 눈이 많이 왔던 겨울을 지나 벚꽃잎이 날리고 낮이 점점 길어지는 봄의 중반에 여정의 끝을 향해가고 있었다.

수업의 끝에 와서야 없던 후회들이 몰려왔다. '더 잘할걸, 이런저런 수업도 해볼걸. 왜 그땐 그런 생각을 하지 못했을까?' 같은 덧없고 쓸데없는 미련들이 파도에 파도를 타고 목을 넘어 터져 나왔다. 그러니 최선을 다했다는 표현은 오만해 보인다.
아니, 오만하다.

하지만, 이거 하나만은 꼭 남기련다.
이 수업을 하길 잘했다고.
정말 잘했다고.

오늘의 업적이다.

누군가의 글을 가르치기엔 부족한 면들이 널린 '저'임에도 불구하고 믿고 함께해주신 청년지원공동체 대표 채병혁님, 바쁜 일정에도 온갖 일을 해주신 매니저 김연준님, 그리고 공사다망한 와중에도 수업에 열심히 참여해 주신 그레이스, 이희연, 이로새, 차지양님께 진심으로 감사드립니다.

1판 1쇄 2024년 5월 29일

글 이로새 이희연 그레이스 차지양 채병혁

지도 작가 조은비 / 호우 마가렛

펴낸곳 청년지원공동체 소울

등록번호 제 2024-0000001호

인스타그램 @_youth_soul

ISBN 979-11-985359-1-7

이 책의 판권은 지은이와 청년지원공동체 소울에 있습니다.
양측의 서면 동의 없는 무단 전재 및 복제를 금합니다.